DIETER ESSER
SCHATTEN SEITEN

AF175587

DIETER ESSER

SCHATTEN SEITEN

NEUE ERZÄHLUNGEN

Bibliografische Information der Deutschen Nationalbibliothek:
Die Deutsche Nationalbibliothek verzeichnet diese Publikation
in der deutschen Nationalbibliografie; detaillierte bibliografische
Daten sind im Internet über http://dnb.dnb.de abrufbar

Herstellung und Verlag: BoD - Books on Demand
Norderstedt

ISBN: 9783756821846

Das eigene Leben?
Das Eigene leben!
S. R. Detour

M'illumino
D'immenso,
(Giuseppe Ungaretti)

Inhalt

I.
Unbegrenzt

Mit Sicherheit

Als er mich ansprach, hatte ich das alles nicht bemerkt. Er lächelte freundlich und sagte: „Fahren Sie in Richtung Oberthal? Könnten Sie mich bitte ein Stück mitnehmen?"

Er war etwa Mitte dreißig, vielleicht auch vierzig. Ich hatte keinen Grund, argwöhnisch zu sein, also entriegelte ich die Beifahrertür und ließ ihn Platz nehmen.

„Wohin genau in Oberthal müssen Sie?", fragte ich. Ohne sein Ziel zu nennen, sagte er: „Es ist sehr freundlich von Ihnen, mich mitzunehmen. Das machen leider nur wenige."

„Kein Problem", sagte ich, „wenn ich helfen kann, tue ich das gern", sagte ich.

„Kennen Sie das Wohnheim am Michaelisbrunnen?" Ich bejahte. In diesem Wohnheim lebten einige Gestrandete, Ausländer, Flüchtlinge, aber auch deutsche Resos. Der Fremde schien kein Ausländer zu sein, aber nach seiner zuvorkommenden Art zu sprechen konnte er auch kein Reso sein. Ich wagte nicht, ihn weiter zu fragen. Er schien meine Gedanken zu erahnen. „Ich wohne dort seit etwa einem halben Jahr. Recht angenehm dort und ich komme mit allen gut zurecht."

Die Vorstellung, dass es dort angenehm sein könnte, irritierte mich. Zu viel hatte man schon gehört von den Zuständen in diesem Wohnheim. Im Umfeld beschwerten sich die Anwohner und, wer immer konnte, vermied die Gegend. Einige Minuten schwiegen wir. Es war für mich recht unangenehm. Vielleicht ahnte er, dass ich mich unwohl fühlte, aber er ließ sich nichts anmerken.

Alle Fingerkuppen seiner linken Hand steckten in einer Art Fingerhut, bräunliche Kappen aus Lycra oder einem anderen gummiähnlichen Material.

Er brach das Schweigen: „Ein schöner Tag, angenehm warm für Oktober, auch nicht zu warm. Einfach ein Tag, um sich wohl zu fühlen."

Ich wusste nicht recht, wie ich reagieren sollte, und nickte nur. Er schien zu bemerken, dass ich seine linke Hand betrachtete. Dann sagte er:

„Welch eine hervorragende Idee, für Sicherheit zu sorgen. Es ist alles so positiv, so geordnet. Würden Sie mir die Freude machen, einen Moment irgendwo rechts ran zu fahren? Wir könnten die herrliche Luft genießen und uns weiter unterhalten."

Ich hatte zwar keine Eile, aber der Vorschlag, die kurze Fahrt jetzt noch zu unterbrechen, erstaunte mich. Wer war dieser freundliche Herr? Neben der Bundesstraße führte eine kleine Straße ein Stück in den Wald. Ich verlangsamte die Fahrt und ließ den Wagen einige Meter rollen, dann hielt ich an.

Mein Begleiter öffnete die Beifahrertür und stieg aus. Ich drehte den Schlüssel, schaltete den Motor ab und zog den Schlüssel ab; ich öffnete meine Tür und verließ das Auto. Ich bemerkte, wie mein Begleiter in seiner rechten Manteltasche etwas suchte. Er zog ein Papier heraus und gab es mir zu lesen. Ich verstand, als er mit dem Zeigefinger seine Lippen berührte, dass ich das Papier schweigend lesen sollte.

Es trug den Briefkopf der Staatsanwaltschaft Mündungs-Delta. Ich las:

„Herr Teubner, 37 K 23.

Folgende Sicherheitsmaßnahmen greifen ab sofort: Die elektronische Fußfessel darf auf keinen Fall entfernt werden. Ein Entfernen vom Wohnort von mehr als 7 km ist absolut untersagt. Über die Mikrofonsensoren der linken Hand wird alles aufgezeichnet, was gesprochen wird. Um eine reibungslose Übertragung zu gewährleisten, enthalten die Mikrosensoren Rauschunterdrückung, d. h. alle Geräusche außerhalb des gesprochenen Worts werden herausgefiltert.

Folgende Verhaltensmaßregeln für den Umgang mit anderen Personen sind zu beachten:

Es sollte versucht werden, jegliche Art von negativem Gespräch zu vermeiden. Schimpfwörter oder Hinweise auf unerlaubtes Handeln werden mit Minuspunkten geahndet.

Andererseits können freundliches Reden, positiv konnotierte Wörter sowie die Verwendung angenehmer Ausdrücke zu einem positiven Punktestand führen. Beispiele für positives Reden finden sich auf der Rückseite dieses Schreibens.

Sollte es Zeiten geben, in denen nicht gesprochen wird, so ist das durchaus erlaubt und in den ersten Wochen der Resozialisierung relativ normal, zumal das Umfeld Kontakt mit Resos meidet.

Um den Sicherheitsbehörden lückenlose Auskunft zu erteilen und die Sicherheitsarbeit zu erleichtern, ist es erforderlich, z. B. vor dem Duschen, vor dem Zubettgehen und bei geplanten oder unvermeidbaren einsamen Momenten, genau dies in die Fingermikrofone zu sprechen. Dabei ist die genaue Uhrzeit anzugeben. Beispiel: „Es ist 9:45 Uhr. 37 K 23, Teubner. Ich gehe zu Bett" oder „14:26 Uhr. 37 K 23, Teubner. Sitze im Café. Bin allein. Es gibt nichts zu sprechen."

Die Sicherheitsbehörden wünschen Ihnen gutes Gelingen. Hochachtungsvoll, Ihre Staatsanwaltschaft Mündungs-Delta."

Ich drehte das Blatt und fand eine eng geschriebene Liste mit Ausdrücken, sprachlichen Wendungen und einzelnen Wörtern, die von der auf diese Weise „gesicherten" Person zu benutzen waren:

„Schönes Wetter, ein herrlicher Tag, wieder eine gute Idee der Regierung, ich gehe fröhlich durch den Tag ..."

Dann las ich Halbsätze und Wendungen: „Könnten Sie bitte/hätten Sie vielleicht die Freundlichkeit/danke/vielen Dank/herzlichen Dank/ich danke Ihnen sehr ..."

Besonders schockiert war ich darüber, dass jedem Ausdruck und jedem einzelnen Wort eine Punktezahl in Klammern zugefügt war: Wörter wie „danke/vielen Dank" gingen mit zwei Punkten in die Wertung, alle positiven Äußerungen zum Leben, zur Wohnung, zum Lebensumfeld und über andere Menschen wurden mit 8–10 Punkten gewertet.

Waren es Tränen in den Augen meines Gegenübers? Ich legte nun meinerseits den Zeigefinger auf meine Lippen und bedeutete ihm, dass ich verstanden hatte. Dann ging ich ein Stück auf ihn zu und sagte: „Sie sind ein ausgesprochen freundlicher Mensch. Ich habe das gleich bemerkt, als Sie mich baten, Sie mitzunehmen."

Er reagierte sofort: „Vielen, vielen Dank. Das ist sehr nett von Ihnen, dass Sie das sagen. Ich bemühe mich, jeden Tag zu genießen, Gutes zu tun und Menschen kennen zu lernen. Vielleicht kann ich mich ja auch selber nützlich machen, jemandem helfen oder in einem Gespräch ein paar Nettigkeiten sagen."

Ich war mir sicher, dass ihm dies an die 25 Punkte einbrachte. Also setzte ich noch nach: „Mit Ihrer freundlichen Art werden Sie sicher viele Freunde gewinnen."

Er lächelte und schien sich darüber zu freuen, dass jemand ihn verstanden hatte und ihm half, die

Resozialisierung möglicherweise um einiges zu verkürzen.

Nun verstärkte ich meine Unterstützung: „Sicherlich sind Sie auch ein Leser und lesen gerne interessante Literatur."

„Ja, ich lese sehr gerne. Am liebsten Bücher, in denen die Menschen sich gut verstehen, in denen Sie nett zueinander sind. Was ich gar nicht mag, sind Szenen mit Gewalt, mit Waffen, mit Prügeleien."

Er machte das Spiel mit. Ich war mir allerdings nicht sicher, ob allein die Nennung von Gewalt, Waffen und Ähnlichem nicht negativ gewertet würde.

Aber er schien das System besser zu kennen. Schließlich benutzte er es schon seit einem halben Jahr, wie er mir gesagt hatte. Oder benutzte das System ihn?

Wir nahmen wieder Platz im Auto, ich startete, setzte zurück und fuhr auf die Hauptstraße. Da ich, wie bereits erwähnt, keine Eile hatte, fragte ich ihn, obwohl ich den Namen gelesen hatte, wie er heiße. Dabei lächelte ich ihm zu.

„Wie unhöflich von mir. Natürlich hätte ich mich namentlich vorstellen müssen. Ich bitte Sie um Entschuldigung. Mein Name ist Teubner."

Beide konnten wir ein leichtes Lachen nicht unterdrücken. Ich nannte ihm meinen Namen und fuhr fort: „Wo wir schon einmal so nett beieinander sind und uns so gut unterhalten, hätte ich eine

Idee. Hätten Sie Lust, auf einen Kaffee mit in meine Wohnung zu kommen?"

Ich sah Anzeichen von Rührung und tiefer Dankbarkeit in seinem Gesicht. „Das ist sehr, sehr freundlich von Ihnen. Ich nehme Ihre Einladung von Herzen gerne an."

Nach einigen Minuten Fahrt kamen wir an. Wir stiegen aus. Ich öffnete die Haustür und wir gingen die Treppe hinauf in den ersten Stock, wo sich meine Wohnung befand. Ich öffnete die Wohnungstür und bat Herrn Teubner herein: „Bitte treten Sie ein, Herr Teubner. Ich mache uns einen Kaffee. Wenn Sie schon mal im Wohnzimmer Platz nehmen wollen. Es dauert nicht lange."

Da ich keine Zeit verlieren wollte, drückte ich, statt einen Filterkaffee zu machen, auf die Knöpfe der Kaffeemaschine, führte eine Kapsel ein, wartete einige Sekunden und ließ den Kaffee in die Tasse träufeln. Dann eine weitere Kapsel und eine weitere Tasse Kaffee.

Auf meinem Küchentisch lagen die Zettel, auf denen ich normalerweise meine Einkäufe notiere. Ich nahm den ganzen Stapel, suchte nach einem weiteren Stift, fand aber keinen. Also nahm ich den Kuli, der auf dem Küchentisch lag. Ich klemmte Zettel und Kuli unter meinen Arm, nahm die Tassen und ging ins Wohnzimmer. Nachdem ich die Tassen abgestellt hatte, griff ich nach den Zetteln und bedeutete meinem Gast, dass wir von jetzt an eine Mischung aus unechter Unterhaltung und schriftlicher Kommunikation benutzen würden. Er begriff sofort.

Ich setzte mich auf den Sessel unmittelbar neben ihn, schrieb etwas auf den Zettel und hielt ihn ihm hin. „Wie geht es Ihnen wirklich?", hatte ich geschrieben.

Er nahm den Kuli und schrieb: „Es geht mir beschissen, ich bin zwar ein gottverdammter Reso, aber diese Behandlung, diese Kontrolle ist furchtbar."

Dann schob er mir die Zettel zu, in Erwartung einer weiteren Frage. Ich deutete auf seine Fingerkuppen und sagte möglicherweise etwas zu laut oder deutlich: „Ich hoffe, der Kaffee schmeckt Ihnen?"

Natürlich wusste ich, dass jetzt ein von Freundlichkeit triefender Erguss von Lobeshymnen über den Kaffee folgen würde. Und ich wurde nicht enttäuscht. „Welch ein wunderbarer Kaffee! Lange habe ich nicht einen so guten Kaffee getrunken. Sie müssen mir unbedingt die Marke verraten. Oder gibt es einen Trick, mit dem Sie den Kaffee zubereiten?"

Wir schmunzelten beide.

Ich hatte von dem Regierungsprogramm, Straftäter nach Haftverkürzung mit einem Sicherheitssystem auszustatten, gelesen. Ich erinnere mich, dass ich die Idee gut fand. Allerdings war nirgendwo die Rede davon, dass sich die Resos, wie sie allenthalben genannt wurden, 24 Stunden am Tag verbiegen mussten, lügen mussten, sich in allen möglichen Situationen verstellen mussten, nur um ihre Reso-Zeit zu verkürzen.

Nun plapperte ich irgend ein belangloses Zeug, um mich darauf konzentrieren zu können, was ich als nächstes auf einen der Zettel schreiben wollte. Allerdings war es nicht so einfach, zu sprechen und gleichzeitig zu schreiben.

„Herr Teubner, darf ich Ihnen noch irgendetwas anderes anbieten?", sagte ich und schrieb gleichzeitig: „Gibt es eine Möglichkeit, diesen Kontrollen zu entkommen?" Teubner nahm den Zettel, schüttelte den Kopf und schrieb: „Diese gottverdammte Behörde kontrolliert mich sogar beim Pinkeln, beim Duschen, beim Scheißen."

Ich nahm einen neuen Zettel und schrieb: „Und wenn wir Ihre linke Hand bandagieren oder in einen Metallkasten stecken?" Seine Antwort: „Das müsste gehen, versuchen wir's."

Nun bemerkte ich, dass seit meiner letzten Frage möglicherweise zu viel Zeit verstrichen war. Daher wiederholte ich meine Frage, ob ich ihm noch etwas anbieten könne. Natürlich kannte ich seine Reaktion bereits. „Dieser wunderbare Kaffee, den ich sehr genieße, reicht völlig; aber haben Sie vielen, vielen Dank für Ihr freundliches Angebot", sagte er und deutete mit der rechten Hand an, dass wir es mit einer Bandage versuchen sollten.

„Warten Sie, ich mache uns doch noch einen Kaffee", sagte ich und begab mich statt in die Küche ins Bad auf der Suche nach Verbandsmaterial. Immerhin fand ich drei Mullbinden. Ich griff nach dem Pflaster, nahm die Mullbinden und wollte ins Wohnzimmer gehen. Es durchfuhr mich wie ein Blitz. Natürlich musste ich mit neuem Kaffee kommen, sonst würde man Verdacht schöpfen.

In der Küche dieselbe Prozedur: Die Kaffeemaschine einschalten, warten, bis die Knöpfe stillstehen, Kapsel einführen, Kaffee träufeln lassen. Das ganze zweimal.

Zurück im Wohnzimmer sagte ich: „Es tut mir leid, es hat etwas gedauert, ich musste neue Kapseln suchen."

„Ich bitte Sie, das macht doch nichts. Ich genieße jede Minute hier in Ihrem Wohnzimmer. Sie haben eine sehr schöne Wohnung, so schön hell. Ich bewundere die ganze Zeit die beiden Bilder, die wunderschönen Bilder an Ihrer Wand." Möglicherweise hatte ihm das wieder ein paar Punkte eingebracht.

Nun redete ich irgendein unsinniges Zeug, während ich versuchte, möglichst behutsam und ohne unnötigen Reibungsgeräusche die erste Mullbinde um seine Fingerkuppen zu wickeln.

Teubner nahm einen Zettel und schrieb: „Noch nicht! Ich muss mich erst akustisch abmelden." Ich verstand und hörte zu, wie er sagte: „Nach diesem wunderbaren Kaffee werde ich Ihre sehr schöne

Wohnung verlassen und in meine gemütliche Wohnung gehen. 16:04 Uhr. 37 K 23. Teubner. Verabschiede mich jetzt und mache mich auf den Weg. Keine Kommunikation."

Jetzt war Eile geboten, denn die Fußfessel würde sicherlich verfolgen können, ob Teubner wirklich unterwegs war. Also wickelte ich die erste Mullbinde fest um die Hand, befestigte sie mit einem Pflaster, nahm die zweite Mullbinde, wickelte sie über die erste, riss sie ein Stück ein, band die Enden zusammen und fügte die dritte Mullbinde hinzu, die ich ebenfalls an zwei Enden zusammenknotete. Zur Sicherheit – welch ein Wort, ich musste schmunzeln – faltete ich die Wolldecke, die auf dem Sofa lag, und legte sie über Teubners linke Hand.

Dass Teubner nun sehr leise sprach, konnte ich ihm nicht verdenken. Auch ich flüsterte mehr, als dass ich redete:

„Ich hoffe, das reicht als Isolierung. Was macht man nur mit Ihnen!"

„Das Leben im Knast, verdammt noch mal, war irgendwie angenehmer als dieses beschissene Kontrollsystem."

Natürlich hätte es mich interessiert, was Teubner ins Gefängnis gebracht hatte, aber ich versagte es mir zu fragen. Verängstigt schaute er mich an, als er mir von seiner Familie erzählte, von einem wunderschönen Urlaub in Italien mit seiner Frau.

Es fiel im auffallend schwer, normal zu reden.

Der Urlaub war natürlich „wunderschön", seine Frau bekam die Adjektive „liebenswürdig", „wunderbar", „hilfsbereit" und „zuvorkommend". Ich hoffte, er würde mein Lächeln richtig interpretieren. Ich ermunterte ihn, die positiven Sprechblasen einfach zu lassen. Er bemühte sich.

Die Minuten vergingen, wir unterhielten uns noch eine Weile angeregt. Er erzählte mir, dass ihn seine Frau verlassen hatte, als er sich gerichtlich verantworten musste. Auch erzählte er mir von seiner Kindheit, von einer liebevollen Mutter, einem dem Alkohol verfallenen Vater. Ich hatte mehr Sorge als Teubner selbst, dass eine Zeitlücke, eine Kontrolllücke entstehen könnte, die ihm Probleme bereiten könnte. Deshalb tippte ich auf meine Armbanduhr, um ihm zu signalisieren, dass es vielleicht besser sei, das Gespräch zu beenden.

Auf einen Zettel schrieb ich: „Übermorgen 16:00 Uhr? Hier bei mir?"

Teubner nickte und ich bemerkte die Freude in seinem Gesicht. Wir würden uns wiedersehen, ihn mit Mullbinden unhörbar machen.

Er war einverstanden, löste äußerst behutsam seine Fesseln an der linken Hand und bedeutete mir, ab jetzt kein Wort mehr zu sprechen. Durch die Geräuschunterdrückung würde das Aufstehen aus dem Sessel, das Öffnen der Wohnungstür sowie das Hinabsteigen zur Haustür und auf die Straße nicht weiter registriert.

Teubner drehte sich noch einmal um, legte die Hände ineinander und signalisierte mir seinen Dank. Ich winkte ihm zu und er verschwand.

Ich ging zurück in die Wohnung, schloss die Tür. Ich musste schmunzeln, weil ich bemerkte, wie leise ich die Tür geschlossen hatte, wie geräuschlos ich ins Wohnzimmer ging. Ich nahm die beschriebenen Zettel, entsorgte sie im Müll in der Küche, spülte die Kaffeetassen und stellte sie zum Trocknen in die Spüle.

Ich musste wohl eingenickt sein, schaute auf die Uhr und stellte fest, dass ich über eine Stunde geschlafen hatte. Einfach so. Voller Eindrücke, voller wirrer Gedanken.

Es klingelte. Ich stand auf, ging zum Fenster und schaute zur Haustür hinunter. Zwei Herren im Anzug standen dort. Ich würde wohl öffnen müssen. Die Herren kamen die Treppe hinauf, musterten mich, warteten nicht, in die Wohnung gelassen zu werden, sondern schritten direkt durch die Tür.

„Sie hatten Besuch?", sagte der größere der beiden Herren.

Das Wunsch-Kind

„In diesem Vorgespräch klären wir nur zwei Fragen. Erstens: wann soll der Geburtstermin sein? Zweitens: Junge oder Mädchen? Alles Weitere entnehmen Sie bitte den acht Seiten der Spezifikationsliste, die dem Vertrag beigefügt ist."

Professor Ronstein schien auf eine schnelle Antwort zu warten.

„Alle weiteren Fragen bezüglich des Fragebogens klären Sie bitte mit Frau Dr. Klingsor."

Emily und Thomas nahmen den Umschlag mit der Spezifikationsliste. Professor Ronstein stand auf, verabschiedete sich knapp und verließ den Raum. Ein wenig verwirrt über die unemotionale Erledigung ihres Wunsches verließen auch die beiden das Institut.

Wenn es um Verträge, Versicherungen oder Sonstiges ging, saßen Emily und Thomas gern an ihrem Küchentisch nebeneinander. Emily öffnete den Umschlag und entnahm die Dokumente. Jedes Blatt trug die gleiche Aufschrift: „Ronstein Institut für Neonatismus". Thomas blätterte alles bis auf das letzte Blatt durch.

Es waren insgesamt 56 Fragen, die sie über das Wochenende zu beantworten hatten. Die Blätter waren nach Kategorien geordnet. Blatt 1 trug die Überschrift: „Körperlichkeit". Weitere Überschriften waren „Disposition für Krankheiten", „Disposition für Kommunikation" bis hin zu „Grundeinstellungen".

„Meinst du", sagte Emily, „man kann das später noch verändern?"

„Ich glaube schon. Die sind jetzt soweit, dass sie bis zum zwölften Lebensjahr noch Weichen stellen können, wenn etwas nicht so läuft, wie die Eltern sich das vorstellen."

Bei den ersten Fragen waren die beiden sich sehr schnell einig. Sie hatten sich ja schon für einen Jungen entschieden. Die Körpergröße legten sie mit 1,86 m fest. Das sei nicht zu viel und nicht zu wenig für einen Mann, meinte Emily. Aber schon beim Gewicht des ausgewachsenen Menschen waren sie sich nicht einig. Thomas schlug 92 Kilo vor, was Emily als zu schwergewichtig erschien. Sie trugen 86 Kilo ein. Thomas setzte sich durch, weil ihm ein Sportler vorschwebte. Er bestand darauf, das Merkmal „sehr muskulös" einzutragen.

Nun legten sie Haarfarbe, Schuhgröße und Konfektionsgröße fest. Es war Thomas anzusehen, dass er bei „Disposition für Krankheiten" stutzte.

„Was bedeutet das?", sagte er, „sollen wir für ihn Krankheiten aussuchen?"

„Die meinen bestimmt, welche Krankheiten auszuschließen sind", sagte Emily.

Was sie nicht wusste, war, dass man der Tatsache Rechnung getragen hatte, dass im Laufe eines Lebens Krankheiten etwas völlig Normales sind. Man sollte sie nicht ausschließen. Die Planung sah vor, dass ein Kind im Alter von zwei und acht Jahren für einige Zeit bettlägerig war, so dass die Eltern ihre Zuneigung durch intensive Betreuung während der Krankheitstage dokumentieren konnten. Das Gleiche dann im Alter von fünfzehn Jahren und letztmalig mit achtzehn. Ahnungslos kreuzten sie von den vorgegebenen Krankheiten die Masern, die Röteln und Keuchhusten an, weil sie dies für normale Kinderkrankheiten hielten.

Es dauerte fast drei Stunden, bis sie den gesamten Fragebogen durchgearbeitet hatten. Die „Grundeinstellungen" hatten am längsten gedauert. „Konservativ", „liberal", „ökologisch" und sechzehn weitere Haltungen; das war ihnen völlig gleich, das sollte ihr Junge später selber entscheiden, dachten sie. Dachten sie.

Natürlich wussten sie auch nicht so recht, was mit „Neigung zu Individualismus" gemeint war. Sie kreuzten es an. Bei der Frage, ob dem Jungen ein Chip im Frontallappen eingepflanzt werden soll, hatten sie lange diskutiert. Schließlich entschieden sie sich dafür, da über diesen Chip Informationen in das Gehirn gespeist wurden, die dem Menschen von Nutzen sein konnten.

Emily war es nicht entgangen, dass Thomas den ganzen Abend sehr einsilbig geworden war. „Was ist los?", fragte sie.

Thomas schaute sie lange an. „Mir ist da zu wenig von mir drin. Deine Gene werden fast vollständig benutzt, von mir nehmen sie nur, was sie für richtig halten. Und der Rest? Woher willst du wissen, ob die nicht irgendwelches Erbmaterial, von dem sie gerade eine Menge haben, einbauen?", sagte er.

Emily nahm ihn in den Arm und versuchte ihn zu trösten. „Du weißt doch, dass bei der genetischen Analyse in deiner Erblinie einige Unwägbarkeiten zu Tage gekommen sind. Wir wollen doch nur das Beste für unser Kind", sagte sie. Damit schien Thomas sich zufrieden zu geben.

Beide hatten in der Nacht zum Montag nicht sehr gut geschlafen. Thomas hatte es übernommen, auf dem Weg zum Büro die ausgefüllten Unterlagen mitzunehmen und im Institut einzureichen.

Er fragte nach Dr. Klingsor. Es dauerte nur wenige Minuten, bis die Biologin Thomas begrüßte: „Ich nehme an, Sie haben noch einige Fragen."

Thomas konzentrierte sich, erinnerte sich aber nur an zwei strittige Punkte.

Nach einigem Zögern sagte er: „Wir hatten ein Problem mit dem Begriff „Individualismus". Außerdem haben wir, ohne wirklich zu wissen, was damit gemeint ist, „liebt natürliche Umgebungen" angekreuzt. Meine Frau und ich sind gerne in der Natur und wir dachten, das sei damit gemeint."

Frau Klingsor antwortete sofort: „Da können Sie keinen Fehler machen. Es bedeutet, was Sie auch vermuteten. Das Kind wird die Natur lieben, größere Städte und Menschenansammlungen meiden. Und wie Sie natürlich verstehen werden, ist mit „Individualismus" ja auch genau dies unter anderem gemeint."

„Unter anderem?", fragte Thomas nach.

„Ja, wissen Sie, es gab einzelne Fälle von starkem Individualismus, d. h. die Kinder neigten zu Einsamkeit und Eigenbrötlerei. Aber das haben wir ändern können, jedenfalls zum großen Teil."

Thomas und Emily hatten entschieden. Drei Wochen sollte es dauern bis zum Termin, den sie aus alter Tradition Geburtstermin nannten.

Als werdende Eltern machten sie sich Gedanken, schliefen schlecht und fieberten dem Termin entgegen. Das Kinderzimmer war nach den neuesten Erkenntnissen eingerichtet. Viele Anregungen farblicher Natur, Sinnesreize durch bewegte Objekte und vor allem ganz leise, ruhige Musik, die über einen Sensor eingeschaltet wurde. Das Zimmer ihres Jungen wollten sie nach den neuesten psychologischen Erkenntnissen einrichten. In den Erläuterungen hatte Thomas etwas über „Maskuline Prägung in der Einrichtung" gefunden und trotz Emilys Protest „Männlichkeitsstufe M4" als Vorlage gewählt.

Es war zwar Urlaubszeit, aber beide verspürten keine Lust zu verreisen. Ganz selten kam Emily der Gedanke, dass in früheren Zeiten Schwangerschaften und Geburten ganz anders verlaufen waren.

Montag, der 12. August. Geburtstermin. Sichtlich nervös betraten Emily und Thomas das Institut. Als sie sich an der Rezeption anmeldeten, hatte Emily den Eindruck, dass die Rezeptionistin sie merkwürdig anschaute. Sie griff zum Hörer, nannte den Namen der beiden und wartete. Dann nickte sie, legte den Hörer auf und sagte: „Professor Ronstein und Frau Dr. Klingsor werden beide in Kürze hier sein."

In der Tat dauerte es nur wenige Minuten, bis der Chefgenetiker und die Biologin am Ende des langen Flures erschienen. Beschleunigten sie ihren Schritt?

„Ja, ihr Geburtstermin," sagte Professor Ronstein mit ernster Miene, „das Ganze wird um 11:30 Uhr stattfinden. Aber bitte kommen Sie doch kurz mit uns in mein Büro."

Emily und Thomas schauten sich verwundert an. War das das normale Prozedere? Sie folgten den beiden Wissenschaftlern schweigend und betraten das geräumige Büro des Professors, der sie bat, Platz zu nehmen. Frau Dr. Klingsor setzte sich auf einen der Sessel in der Nähe des Schreibtisches von Professor Ronstein.

Ronstein begann: „Sie haben beide den Vertrag aufmerksam gelesen und unterschrieben. Auch bezüglich der Abnahmeverpflichtung. Sie wissen, dass bei allem medizinischen Fortschritt durchaus das eine oder andere Item modifiziert werden müsste.

Sie erinnern sich vielleicht an den Paragraphen 131 in den Ausführungsbestimmungen. Nun, Sie werden heute das Produkt erhalten, das nach Ihren Angaben hergestellt wurde. Das Institut hat sich allerdings entschlossen, Ihnen einen Preisnachlass von 50 % zu gewähren."

Emily wollte protestieren, weil sie den Ausdruck Produkt im Zusammenhang mit ihrem Kind unpassend fand. Aber die Worte des Professors hatten sie so verunsichert, dass sie es nicht wagte nachzufragen.

Der Professor fuhr fort: „Nun, es ist eine durchaus mögliche, aber äußerst selten vorkommende Veränderung eingetreten. Das Produkt wird alle Merkmale, die Sie ausgesucht hatten, enthalten. Allerdings ist während der Produktion ein kleiner Fehler unterlaufen. Was in welcher Phase des Prozesses genau geschehen ist, müssen wir noch gründlich evaluieren."

Er schaute auf seinen Schreibtisch und vermied den Augenkontakt, dann sagte er: „Das Produkt jedenfalls ist ein Mädchen geworden."

Kalt

Sie hatten gesagt, dass alle Experimente erfolgreich verlaufen sein. Ich freue mich über die schillernden Farben des Herbstwalds. Es muss schon gegen Mittag sein, vielleicht auch darüber hinaus, denn das Leuchten der Farben war eben noch weniger intensiv.

Ich kenne mich zu wenig mit der Tierwelt aus, weiß also nicht, ob das ein Reh oder ein Hirsch war, der durch das Geäst huschte.

In meiner Ausbildung kam die Tier und Pflanzenwelt nicht vor. Irgendwie will ich ja raus. Oder soll das heißen, dass ich jetzt über Jahre? Ich habe das Gefühl für Gestern und Morgen verloren. Das ist mir schon aufgefallen.

Soll ich springen? Es sind doch höchstens drei Meter und hinter mir drängen Kinder, die mutiger sind als ich. Ja gut, ich springe.

Ich hätte gedacht, das Wasser sei kälter. Eigentlich. Ich will heraus. Mary. Immer wieder Mary. Ach, Mary, du bist so weit weg.

Wie die Frauen in den Filmen hast du mir zugerufen: „Sei vorsichtig! Pass auf dich auf!" In Filmen fand ich das schon überflüssig, aber irgendwie typisch. James Bond hängt am Hubschrauber und die Frau ruft ihm zu: „Halt dich fest!" Darauf wäre Bond nie gekommen.

Und, Mary, was soll das heißen: „Sei vorsichtig!"
Als ob ich irgendeinen Einfluss auf das alles gehabt
hätte. Vertrauen in die Technik war gefragt. Ob die
wussten, was ich hier erlebe? Und Simmons, Anderson und Smith? Geht es denen genauso wie mir?

Der Film gefällt mir. Hübsche Menschen. Muss
wohl ein französischer Film sein. Ja der Hintergrund, das ist die Provence.

Ich versuche, nach dem Bier zu greifen. Aber jetzt
sitze ich plötzlich hier in diesem öden Bereich. Ich
höre, wie die Techniker die Vorrichtung hereinrol-
len. Die Klappe ist weit geöffnet, ich sehe die Ver-
schraubung des Sichtfensters.

Jeremy trifft mich mit dem Stein am Kopf. Ich
blute. Zum Glück nicht sehr heftig. Aber ich spüre
keinen Schmerz. Jeremy läuft auf mich zu, will sich
entschuldigen. Entschuldigt sich. Dann gehen wir
lachend ins Pfadfinderlager zurück, wo Paul und
Harry sich um den riesigen Suppenkessel auf dem
Feuer kümmern. Jeremy holt ein Pflaster, klebt es
auf meine Wunde.

Es war doch ein Hirsch! Jetzt meine ich, das Ge-
weih kurz gesehen zu haben.

Die psychologischen Untersuchungen waren für
mich schlimmer als die medizinischen und weit
schlimmer als die Fitnesstests, die ich tagelang ab-
solvieren musste. Jetzt erinnere ich mich an die Ge-
sichtsmaske, die sie mir angelegt hatten. Sie bedeck-
te das ganze Gesicht. Über den Schlauch führten

sie Sauerstoff zu, mal mehr, mal weniger. Schließlich wollten sie sehen, wie sich meine Schnelligkeit auf dem Laufband bei geringer Sauerstoffzufuhr veränderte.

„Ich will keinen Pudding, Mum, ich nehme einfach nur einen Apfel."

Natürlich war ich „geeignet". Schließlich war ich Arizona-Meister meiner Altersklasse. Aber es drängt sich mir jetzt ein „ich will heraus" auf.

Die Beine, das weiß ich, wurden als erstes kalt, dann zog die Kälte über den Solarplexus bis in den Brustbereich. Was sie mit den Nadeln und Sensoren an meinem Kopf machten, weiß ich nicht mehr. Aber mein Gehör funktionierte noch, wenn auch schwächer. Ich hörte noch, wie sie sagten, das müsse für zwölf Jahre reichen. Dann hörte ich nichts mehr. Das Sehen war ja schon vor dem Gehör ausgefallen.

Ich sollte jetzt vielleicht einen Spaziergang machen, denn ich nehme wahr, dass die Erinnerung an die weißen Kittel, die Atemmaske und die Geräte mir Unbehagen bereiten.

Ich gehe ein Stück am Fluss entlang. Er führt wenig Wasser, weil es ja nicht viel geregnet hat.

Ist das Driscoll, mein Mathelehrer? Ich will mich umdrehen, ein Versteck suchen. Ohne Erfolg. „Hey, Simon!", ruft mir der Mathelehrer zu, „was machst du hier?" Dann lasse ich ihn verschwinden und gehe ruhig in Richtung Süden, auf die Brücke zu.

Mary hatte mich immer wieder genervt mit ihren Fragen: „Ist das auch wirklich sicher?" „Wie holen die dich zurück?" „Bist du dann tot, also wie tot?"

Ich beruhigte sie, sprach von der Präzision der Dosierung, erklärte ihr, dass ich doch nicht der erste bin, der für eine so lange Zeit vorbereitet wird. Dann sagte sie etwas, was mich erst jetzt nachdenklich macht: „Wenn es stimmt, was die Religionen behaupten, dann haben wir doch außer Körper und Geist noch so etwas wie eine Seele." Ich weiß noch, wie aufgebracht sie war, als ich schallend lachte und zynisch bemerkte: „Die schalten die doch gleich mit aus!"

Also jetzt, hier, komme ich ins Grübeln. Der Zustand ist nicht unangenehm.

„Hi, Sandy, was geht?"

Schöne Bilder, wann immer ich das will.

"Nee, lass mal, ich hab schon vier Bier!"

So leben? Wissen die denn nicht, dass man in der Schlafkapsel nicht vollständig ... und bis zum Saturn sind es noch mehr als elf Jahre ...

Der Besucher

War es Donnerstag oder Freitag, als sich Henry Hofmanns Leben änderte? Er erinnerte sich nicht mehr. Es hatte geklingelt, dann hatte der Besucher sich vorgestellt: „Mein Name ist Schmidt. Ich würde gerne mit Ihnen sprechen. Ist es Ihnen recht, wenn ich eintrete?"

Er trat ein. Henry war die Mappe aufgefallen, die Herr Schmidt bei sich trug.

„Sie werden sich vielleicht fragen, was ich bei Ihnen mache. Nun, ich komme im Auftrag des SSS, Sonderabteilung Sicherheit Staatsschutz. Kein Grund zur Sorge, Herr Hofmann."

Henry schaute ihn an, sagte aber nichts. Natürlich wunderte er sich, was dieser Besucher von ihm wollte. Es dauerte nur wenige Sekunden, bis Herr Schmidt fortfuhr:

„Es geht um ein paar Textnachrichten, die Sie an Freunde verschickt haben. Wie Sie wissen, gibt uns die Netzagentur die Möglichkeit, gewisse ungewöhnliche Textnachrichten, E-Mails oder Telefonate zu begutachten."

Henry ging die letzten Tage durch. Was hatte er geschrieben, das anstößig oder inkorrekt sein könnte? Die Einladung zu seinem Geburtstag? Nein. Der Austausch mit seiner Versicherung wegen des Wasserschadens? Er hatte auch nicht zu Straftaten aufgerufen, das würde ihm nie in den Sinn kommen. Nein. Sollte er in den Angriff übergehen? Oder lieber schweigen?

Er entschied sich zu schweigen. Stattdessen lächelte er Herrn Schmidt an und wartete.

„Sagen wir mal so: Das Problem ist durchaus", sprach Herr Schmidt, „rasch zu lösen und es ist auch eigentlich keine große Sache. Wir haben uns einen Eindruck von Ihnen verschafft und sind zu dem Schluss gekommen, dass Sie das von mir gleich vorgeschlagene Vorgehen selbstverständlich unterstützen werden."

Nun entnahm er seiner blauen Aktenmappe einen Stapel Papiere. Er blätterte die Papiere durch und hielt immer dort an, wo ein Vermerk angebracht war. Soweit Henry das erkennen konnte, handelte es sich um Ausdrucke von Emails und Chatverläufen.

Dann sprach Herr Schmidt weiter: „Sie wissen, wie sehr sich die Regierung bemüht, unseren neuen Bürgern Wohnstatt, Versorgung und ein angenehmes Leben zu garantieren. Das sind wir diesen Menschen schuldig. Unsere historische Verantwortung. Sie wissen das. Und natürlich haben Sie das Recht, Herr Hofmann, eine Meinung zu haben. Sie sollten aber schon darauf achten, dass diese Meinung in gewissen Grenzen bleibt. Stellen Sie sich nur vor, was passieren würde, wenn jeder und jede seine und Ihre unter Umständen staatsfeindlichen Ansichten

34

völlig unbehelligt ins Netz stellen, in Textnachrichten und E-Mails verbreiten oder sonstwie äußern könnte? Das geht nicht, das liegt ja auf der Hand. Verstehen Sie?"

Henry Hofmann verstand. Ja, er verstand sehr wohl. Oft schon hatte er sich über Freidenker, Quermenschen und andere Uneinsichtige geärgert. Mit großem Unbehagen hatte er diese Protestaktionen beobachtet, die teilweise ohne jede Genehmigung durchgeführt worden waren. Nein, er war im Bilde, er hatte alles in den Nachrichten verfolgt. Und nun sollte er etwas in der Richtung gemacht haben?

Schließlich erhob er seine Stimme und sagte: „Und was genau werfen Sie mir vor, Herr Schmidt, so war doch Ihr Name, oder?"

„Ich persönlich", sagte Schmidt, „werfe Ihnen überhaupt nichts vor, ich gehe nur meiner Arbeit nach und muss Sie darauf hinweisen, dass Sie bestimmte Äußerungen am besten unterlassen würden."

Er schwieg, bevor er fortfuhr:

„Sie haben recht viele Freunde im Ausland, vier in Italien, zwei in Amerika, eine Bekannte in Frankreich. Außerdem besuchen Sie gelegentlich italienische, türkische und asiatische Restaurants. Eigentlich die besten Voraussetzungen für eine, sagen wir, nicht-deviante Haltung. Und dennoch haben Sie am 27. August um 20:12 Uhr an einen Hermann

Leibovitz geschrieben: „Verdammte Asylanten. Wir gehen arbeiten, die hängen herum und werden voll versorgt." Wie Sie vielleicht wissen, können nicht alle Asylsuchenden unmittelbar in den Arbeitsmarkt integriert werden. Daher werten wir eine Äußerung wie die Ihre als deviant, also abweichend von der Interessenlage unserer demokratischen Gesellschaft. Weitere Äußerungen dieser Art mussten wir festhalten. 12. September um 21:05 Uhr: „Macht die Grenzen dicht!" Oder hier am 15. September um 16:28 Uhr: „Wieder ein Messerangriff, es ist zum Kotzen."

Henry spürte, wie Wut in ihm aufstieg. Dann platzte er heraus:

„Nie und nimmer habe ich so etwas geschrieben! Und einen Herrn Leib ... Leibovitz kenne ich nicht!"

Er versuchte die Fassung wiederzuerlangen und fragte: „Und was bedeutet das nun für mich?"

Sein Besucher lehnte sich zurück, faltete die Hände vor seinem Bauch und sagte:

„Nun, Herr Hofmann, schließlich handelt es sich ja nicht um etwas, das man nicht wieder gutmachen könnte."

Henry unterbrach ihn schroff: „Ich versichere Ihnen solche Texte ... von mir ... ist es nicht möglich, dass sich dieser SSS auch einmal irrt? Dass er Leute verwechselt?"

Völlig unbeeindruckt fuhr Herr Schmidt fort:

„Der SSS schlägt daher Folgendes vor: Da Sie Lehrer waren und als Pensionär Zeit haben, stehen Ihnen drei Optionen zur Verfügung. Erstens: Sie können die Abweichungen durch eine Spende an eine Migrantenhilfsorganisation kompensieren. Zweitens: Sie können an zwanzig Samstagen die Gartenanlagen der Asylunterkünfte in Schuss halten und kleinere Reparaturarbeiten in den Unterkünften durchführen. Drittens, ich vermute zusammen mit meinen Vorgesetzten, dass Ihnen dies am meisten liegen würde: Sie erteilen im Herbst und Winter zweimal die Woche Deutschunterricht für Migranten und Migrantinnen."

....

14:07 Uhr. Von den zwölf Kursteilnehmern waren sechs soeben eingetroffen. Die beiden kurdischen Frauen waren auch in den vorigen Unterrichtsstunden nicht erschienen.

14:13 Uhr: Herr Khalid erscheint und setzt sich grußlos auf einen der Stühle. Henry Hofmann hatte es längst aufgegeben, seine Kursteilnehmer darauf hinzuweisen, dass die Stunde um 14:00 Uhr beginnt.

Einer der Kursteilnehmer, ein Ingenieur aus dem Irak, langweilte sich, weil das Gros der Teilnehmer es immer noch nicht für nötig befunden hatte, die Konjugation von „sein" und „haben" zu lernen.

Vielleicht würde Henry es noch erleben, dass alle zwölf Teilnehmer anwesend sind und vielleicht sogar Schreibmaterial mitbringen.

Sollte er die Behörde informieren? Was würde es für ihn bedeuten, wenn er dokumentierte, wie gering der Lernfortschritt war? Auf dem Doppelblatt, das er jeweils nach acht Unterrichtsstunden auszufüllen und einzureichen hatte, musste er die „Unterrichtsgegenstände" jeder einzelnen Stunde eintragen und das Erreichen der jeweiligen Lernziele dokumentieren.

Sollte er schreiben: „Einigen Teilnehmern gelingt es immer noch nicht, „ich bin", „du bist", „er ist" auseinanderzuhalten?"

Würde das nicht auf ihn zurückfallen? Sollte er eine Bemerkung zur Arbeitsdisziplin machen? Und wenn es dann heißt, er habe als Autoritätsperson versagt?

Er schrieb: „Keine besonderen Vorkommnisse. Lernfortschritt meist gut bis sehr gut."

Hoch fliegen sie, die Falken

(1)

Dicht gedrängt standen die Schaulustigen am Ebert-platz. Es gelang den Sicherheitskräften kaum, die immer größer werdende Menge zurückzudrängen. Ein Raunen, als die ersten Leichen abtransportiert wurden. Das LKA hatte die merkwürdige Anord-nung der Leichen aufgenommen und fotografiert.

Es war der dritte Platz in Köln, an dem Drogen-händler eines unnatürlichen Todes gestorben wa-ren. Und wieder waren die Leichen in Form eines großen F angeordnet worden. Sechs Leichen bilde-ten den Längsstrich, zwei den oberen Strich des F, eine reichte aus, um den unteren F-Strich zu bilden.

Der Leiter der Ermittlungen, Anzinger, hatte die Fotos in seinem Büro immer wieder betrachtet. Sie hatten große Ähnlichkeit mit Fotos aus Frankfurt, München, Darmstadt und Gelsenkirchen. Die Dro-genszene in diesen Städten war aufgrund der Ver-brechen ausgetrocknet. Schwerstabhängige lagen in der Notaufnahme von Krankenhäusern. Nirgend-wo war mehr harter Stoff zu bekommen.

Die Identifizierung der Leichen dauerte fast 14 Tage. Die drei Schwarzafrikaner aus Somalia und Ghana waren polizeibekannt, die beiden Ermor-deten, die den oberen F-Strich bildeten, gehörten zu einer Familie, deren Zentrum im Ruhrgebiet lag. Nur der untere F-Strich war nicht eindeutig zu identifizieren, ein unbekannter Mann, vermutlich aus dem Maghreb stammend.

(2)

In der Justizvollzugsanstalt Rheinbach herrschte Aufruhr. Wie war es Carl August Singer gelungen, seine Zelle zu verlassen, die Wachen zu täuschen und unbehelligt das Gefängnis zu verlassen? Singer hatte wegen Vergewaltigung und Kindesmissbrauch eingesessen. Als sie Carl August Singer in einer Tiefgarage in Euskirchen fanden, mussten sich selbst abgebrühte Polizeibeamte abwenden. Die Leiche war von Kopf bis Fuß mit Einschnitten in Form eines F verunstaltet. Allein der Rücken der nackten Leiche war von mehreren F entstellt.

Mehrmals hatte die Polizei die Aufnahme des Anrufs abgespielt. Eine verzerrte Stimme hatte den Fundort genannt und die Worte „Der wird kein Verbrechen mehr begehen" hinzugefügt.

In seinem Heimatdorf nahm Walter Binsenbach seine neunjährige Tochter in den Arm. Sie war freigelassen worden, kein Haar war ihr gekrümmt worden. Auch der elfjährige Marco, der Sohn von Karl Peters, stand unversehrt vor der Haustür des alten Fachwerkhauses in Miel. Nicht einmal die Mütter wussten, dass beide Kinder am Morgen entführt worden waren, um die Justizvollzugsbeamten Binsenbach und Peters davon zu überzeugen, dem

Inhaftierten die Flucht zu ermöglichen. Weder Binsenbach noch Peters hatten die Polizei verständigt. Sie hatten sich überreden lassen. Die Ordnungskräfte bekommen das sowieso nicht hin, hatte es geheißen. Beide Väter hatten ihren Kindern eingeschärft, mit niemandem über das Geschehene zu sprechen.

(3)

47 Tote. Das Café in Duisburg glich einem Schlachtfeld. Vor dem Café hatte sich eine riesige Menge gebildet, die entsetzt über das Geschehene diskutierte. Das LKA hatte das BKA um Amtshilfe gebeten, da die Dimension des Verbrechens seine Kompetenz überstieg. Seit die Medien pausenlos über die merkwürdigen Morde berichteten, beteiligten sich alle an den Spekulationen über die Bedeutung des großen F, wie es deutlich als riesiger Buchstabe in weiß auf dem Fenster des Cafés prangte. Mafia und arabische Clans fielen als Täter aus. Sie kamen deshalb nicht infrage, weil sie selbst Opfer der zahlreichen Anschläge in Leipzig, Berlin, Freiburg oder Ulm gewesen waren.

Die Innenminister der Länder hatten in ihrem Protokoll festgehalten, dass das ausländerfeindliche Motiv der allermeisten Straftaten zwar offen zu Tage lag, man aber keine Verdächtigen hatte finden können. Die dem Staatsschutz bekannten Rechtsextremisten waren alle genau überprüft worden, kamen aber als Täter nicht in Frage.

In Folge der nicht abreißenden Kette von Morden begannen Familien mit Migrationshintergrund das Land zu verlassen. Dieser Exodus war noch beschleunigt worden, seitdem vor allem auf Bahnhöfen auf unerklärliche Weise Menschen nordafrikanischer Herkunft verschwunden waren. In den sozialen Netzwerken und Talkshows wurden die unterschiedlichsten Erklärungen diskutiert.

Der Bundesinnenminister lud Vertreter der Geheimdienste, der Polizei und der Landeskriminalämter zu einer Sitzung ein. Die Sitzung endete erfolglos. Immer noch war es keinem der Dienste gelungen, Licht in das Dunkel zu bringen. Die Bluttaten, die anfangs das Geschehen bestimmt hatten, hatten aufgehört, aber die Zahl von seltsamen Todesfällen und die Zahl der Vermissten hatte zugenommen. Alle waren sich einig, dass es sich bei der Gruppe, die man seit Oktober „Gruppe F" nannte, um eine Organisation handelte, die sich jeglicher Verfolgung und Identifikation auf welche Weise auch immer zu entziehen wusste. Oberste Priorität, so Innenminister Meyer, sei es nun, diesem Treiben ein Ende zu setzen.

Die Diskussionen in den Medien waren nicht mehr zu bremsen. Ein Vertreter einer rechtsextremen Partei hatte in der Sendung „Klartext" für Empörung gesorgt, als er öffentlich bekundete, dass er die Entwicklung begrüße. Die Kriminalitätsrate sei gesunken, die Zahl der Sozialhilfeempfänger mit Migrationshintergrund ebenso.

In der selben Sendung forderte eine Vertreterin der evangelische Kirche vehement, Menschenrechte und Rechtstaatlichkeit zu beachten, denn in den sozialen Netzen hatte die Zahl derjenigen, die mit den Tätern mehr oder weniger klammheimlich sympathisierten, zugenommen. Klimaschutz, Steuererhöhungen, selbst Sportereignisse waren in den Hintergrund getreten. Die nicht abreißende Kette von Morden und ihre Folgen für die Gesellschaft blieben das bestimmende Thema.

(4)

„Wie lange geht dein Sabbatjahr noch?", fragte Rechtsanwalt Evers sein Gegenüber, den Mathematiklehrer Jonas Schmidt.

„Noch bis zum Sommer. Das bedeutet, dass ich noch einige Einsätze organisieren kann."

„Vielleicht sollten wir uns", sagte Evers, „die Abschiebepflichtigen vornehmen. Wie viele Leute seid ihr?"

„34, wenn wir die Stuttgarter und die Hamburger noch dazunehmen, kommen wir auf über 70. Das müsste reichen. Es sind etwa 114 sogenannte Gefährder, um die wir uns kümmern müssten."

„Wie sollen wir diesmal vorgehen?"

Der Chefarzt des Lippeschen Klinikums verfolgte die Unterhaltung mit großem Interesse. Erst jetzt meldete er sich zu Wort:

„Die Verwendung von Gift halte ich für problematisch. Auch wenn das bei einigen Einzeltätern rückstandslos gewirkt hat, müssen wir bei einer größeren Menge von Eliminierungen davon ausgehen, dass sich leichter nachverfolgen lässt, aus welchen Quellen das Material stammt. Und ob die zuverlässig dicht halten, das wage ich zu bezweifeln."

„Aber du hast doch Erfahrungen mit dem mutierten Tuberkulosevirus. Wir würden riskieren, dass auch Unbeteiligte eliminiert würden, wenn wir so etwas wie Satrapin verwenden. Aber bei dem Tuberkulosevirus wäre die Sache wesentlich einfacher. Wir müssten nur die Sicherheitskräfte und die Observationsteams des Staatsschutzes schützen. Wir bleiben bei unserer Philosophie: Kein Unbeteiligter soll Schaden nehmen - wenn möglich, jedenfalls. Natürlich müssten wir die Ärzte, die sich um die Tuberkulosefälle kümmern müssen, sagen wir „überzeugen", dass es für sie besser ist, den Dingen ihren Lauf zu lassen und sich von den Infizierten fernzuhalten. Das hat doch in Münster und Detmold auch funktioniert. Ich erinnere mich noch, wie dieser Serientäter in Salzgitter an einer unerklärlichen Tuberkulose verstorben ist, ohne dass auch nur ein einziger Arzt oder eine Pflegekraft in Mitleidenschaft gezogen worden war. Das war vor allem das Verdienst von Team Oldenburg."

II.
Begrenzt

Noch nicht ganz ...

Mein Name ist Bader. Ich beklage mich nicht. Wenn ich bedenke, wie schlecht es anderen von uns ergangen ist, habe ich wirklich keinen Grund zu klagen. Natürlich sind nicht alle freundlich zu mir, aber ich mache ja auch Unterschiede und bin je nach Tagesform mal freundlicher, mal weniger.

Die Schule war hart, aber seit ich bei Seidelmüller arbeite, fühle ich mich sehr gut. Und ich kann gut zupacken. Muss man auch in einer Schreinerei. Ich habe Holz immer schon geliebt. Anfangs konnte ich von den Kollegen nur Heiner gut verstehen. Das tiefe Bayrisch der anderen war für mich wie Französisch oder Spanisch.

Heiner hat, wie ich, vorher in Nordrhein-Westfalen gewohnt und sich, wie ich, auf die Stellenanzeige beworben. Ich habe keine Sekunde gezögert, meine Koffer zu packen und in den Bayerischen Wald zu ziehen. Jetzt, nach fast acht Monaten, verstehe ich die Kollegen viel besser, vor allem, wenn es um die Arbeit geht. Wenn die Sägen laufen, verständigen wir uns sowieso mit den Händen.

Abends koche ich mir meistens etwas, das ich gern esse. Im Wirtshaus Hirsch war ich nur ein paar Mal, aber ich kann vieles einfach nicht essen. Vorigen Monat hat der alte Xaver uns alle in den Hirsch eingeladen. Wir haben zusammengelegt und ihm ein Bayern-München-Trikot geschenkt. Mit Müller drauf. Er ist immerhin 60 geworden, der alte Xaver.

Es wurde wild gefeiert und die Lieder, die gesungen wurden, waren mir völlig fremd. Die Kollegen stießen mit ihren Krügen an und schlugen sie oft im Takt auf die Holztische. Das kannte ich aus Duisburg nicht. Schwierig wurde es für mich erst, als ich erklärte, dass ich lieber Mineralwasser trinke.

„Hey, Bader, host an Katarrh?", fragte mich der alte Xaver und lachte. Dann hielt er mir einen Schnaps hin, den ich natürlich auch ablehnte. Immerhin ließ man mich gewähren. Bei einigen Liedern bewegte ich die Lippen und reihte mich sozusagen ein.

In Duisburg waren meine Kumpel und ich öfter beim „Türken". Dort haben wir uns wohl gefühlt. Hier habe ich vergeblich nach einem türkischen Restaurant gesucht. Mit dem Fahrrad, das mir der Chef zur Verfügung gestellt hat, bin ich an Wochenenden in alle Richtungen gefahren. Oft bis zu 50 km. Die Landschaft hier ist wunderschön. Zu Hause in Duisburg fuhren viele mit dem Rad, aber die Leute hier kennen das wohl nicht. Und wenn ich einmal Fahrradfahrer sehe, sind sie meist auf Rennrädern unterwegs, tragen merkwürdige Sportkleidung und rasen dahin, ohne die Landschaft zu sehen.

Bei diesen Fahrten habe ich ein italienisches Restaurant gefunden, das ich seitdem ab und zu besuche. Dass die anderen Gäste mich wie einen Außerirdischen anstarren, daran habe ich mich längst gewöhnt. Das war anfangs beim Bäcker in Markthausen auch nicht anders. Und wenn ich dann meine Bestellung machte, hörten die Kunden sofort: Der ist nicht von hier, keiner von uns.

Tschechien ist nicht weit weg. Bis zur Grenze sind es allenfalls 20 km. Heiner hat mich im Mai eingeladen, mit ihm mal rüberzufahren.

Die Landschaft ist auf den ersten Blick kaum anders als an meinem neuen Wohnort. Ich war etwas unruhig, denn Grenzen sind für mich immer ein Ort der Angst gewesen. Kontrollen, dann warten, dann hoffen.

Bis auf die Schilder links und rechts der Straße hätte man nicht gewusst, dass man sich in einem anderen Land befindet. Heiner unterbrach meine Gedanken und sagte, ich solle mich doch besser auf die schönen Seiten unseres Ausflugs konzentrieren. Ob er meine Ängste spürte?

Er zeigte auf die beiderseits der Straßen sichtbaren riesigen Schilder, die Aufschriften trugen wie „Eve's Paradise" oder „Love Stop". Hier wurde mir etwas übel. Ich stellte mir vor, was in diesen Läden vor sich ging. Natürlich hatte ich auf Videos schon merkwürdige freizügige Dinge gesehen, aber für solche Dienste zu bezahlen, war für mich schockierend. Ich heuchelte Zustimmung und nickte freundlich. Heiner gab sich damit zufrieden, aber nicht ohne die Bemerkung: „Alles billiger hier, nicht nur die Zigaretten." Er lachte laut. Dem stimmte ich – schweigend – zu: Alles billiger hier.

Heiner kannte sich aus. In einer kleinen Stadt, deren Namen ich weder aussprechen noch behalten konnte, stiegen wir aus. Heiner führte mich durch die Altstadt. Sie war sehr schön und gut erhalten. Keine Zerstörung, keine Bombentrichter. Ein Fluss durchquerte die Ansammlung der Häuser.

In einem Restaurant bestellte Heiner ein Schnitzel und ein Bier. Er meinte, tschechisches Bier sei noch besser als deutsches. War es normal, dass die Kellnerin etwas Deutsch verstand und sprach? Ich bestellte Lammkoteletts. Ich betrachtete die Menschen und es war schwer auszumachen, ob es sich um Tschechen oder um Tagestouristen, wie wir es waren, handelte. Aber alle schienen sehr entspannt.

Nun kam die Rückfahrt. Ich spürte, wie meine Ängste wieder zunahmen. Fast alles kam wieder hoch. Heiner fuhr langsam, und erst als er mit den Händen aufs Lenkrad schlug, wurde mir bewusst, dass da etwas Ungewöhnliches ablief.

„Das ist absolut selten!", sagte Heiner. Er meinte die Grenzkontrollen auf der deutschen Seite. „Vielleicht suchen die ja jemanden", sagte Heiner, „Drogen, Waffen, irgendwas." Ich hatte immer schon Drogen gehasst. Waffen hasste ich seit meiner Kindheit.

„Wir brauchen nur unsere Personalausweise zu zeigen, dann können wir weiter, ganz sicher", beruhigte mich Heiner. Verwundert schaute er auf die Papiere, die ich aus meiner Jacke zog. „Hast du keinen Pass?"

„Das ist mein vorläufiger Pass."

Der Polizist musterte die Papiere, schaute mich an und fragte: „Herr Bader?". Seinen forschenden Blick werde ich nie vergessen. „Nein, Bader ist mein Vorname. Mein Familienname ist Al-Muallim."

Büro

Sie treffen alle pünktlich ein. Alle. Sie nehmen ihre Plätze ein. Alle. Sie checken Emails. Fast alle. Dann beantworten sie die Mails. Zunächst die dringenden, dann die weniger bedeutsamen.

„HerrMeyerkönntenSiekurzinmeinBürokommenWirmüssenüberdieMessesprechen."

„Sofort, oder kann ich gerade noch ..."

„LiebersofortwennesIhnenmöglichist."

Justus Meyer, 45, verheiratet, zwei Kinder, zehn und sieben Jahre alt, erhebt sich, nimmt sein Jackett vom Stuhl, zieht es umständlich an, wirft noch einen Blick auf den Schreibtisch und schreitet an den anderen vorbei: An Frau Köhnen, der guten Seele der Buchhaltung; an der Praktikantin, die ständig grinst; an Rolf Hemmersbach, mit dem er sich seit dem Betriebsausflug duzt; an Manfred, der für die Qualitätssicherung zuständig ist. Dann hat er den grauen Flur erreicht, den er noch durchschreiten muss, um zum Büro des Chefs zu gelangen.

„DasindSiejasetzenSiesichichhabehiereinenPlan vonunseremMessestandichmöchtedassSienochmal einenBlickdraufwerfenundmirVorschlägemachen wennesetwaszuverbesserngibt."

Meyer sieht, dass Krahwinkel wieder seiner Anregung nicht gefolgt ist. Wieder hat der Chef die Ansaugpumpen in die linke Ecke des Stands in

Halle 202 postiert. Die Filterstutzen nehmen den hochpreisigen Pumpen die Sicht. Wie soll ein potentieller Kunde ...

„UndMeyerfälltIhnenwasaufmüssenwirwasändern?"

„Ich glaube nicht, Herr Krahwinkel. Ich hätte zwar gedacht, wir würden die Pumpen weiter vorn ins Blickfeld ..."

„DastehendochHuberSeitzundSieEsistIhreAufgabedieKundenbehutsamaberzielführend ..."

Meyer nahm die Ausführungen seines Chefs zwar wahr, aber ein kleiner Gegenstand auf Krahwinkels Schreibtisch hatte seine ganze Aufmerksamkeit eingenommen. Es war ein kleines Boot, eher ein Kanu, ja, ein Kanu, wie es die Indianer bauten, mit geschwungenem Bug und geschwungenem Heck. Mehrere Menschen hatten darin Platz.

Er hob die Hand über den Rand des Kanus und ließ sie ins Wasser gleiten. Die Kühle des Sees ließ ihn leicht frösteln. Es war ein angenehmes Frösteln. Er schaute den Schlieren nach, die seine Hand, ohne dass er sie bewegte, im Wasser hinterließen. Sie formten eigene kleine Wellen, die sich nach wenigen Inches wieder verbanden, schwächer wurden und schließlich ganz verschwanden.

Der Indianer, der vor ihm, das linke Knie auf dem Kanuboden, den rechten Fuß fest aufgestemmt, sein Paddel immer wieder kraftvoll in den See stieß und das Kanu in gleichbleibender Geschwindig-

keit hielt, wurde von seinen Leuten „Flinker Wolf"
genannt. Jedenfalls war das die Übersetzung, die
ihm Old Harry, der Fallensteller, anbot. Flinker
Wolf habe mit bloßen Händen einen Wolf, der sich
seinem Zelt genähert hatte, erwürgt. Er solle sich
doch einmal die Kopfbedeckung des Indianers ansehen. Ja, Old Harry hatte Recht. Von seinem Federschmuck baumelte links am Ohr etwas, das wie
eine Wolfspfote aussah.

Noch etwa eine halbe Meile auf dem See, bis sie
die Insel erreicht hätten, wo Nick Adams und sein
Vater ihn erwarteten.

„HörenSieüberhauptzuMeyerGehtesIhnennicht
gut?LassenSiesichmaldurchcheckenKennenSieei-
nengutenArzt?"

Oh ja, einen sehr guten. Der hat einmal einen
Kaiserschnitt bei einer Indianerin gemacht. Mit einem Taschenmesser.

Bathyscaph

Der Kurztrip nach Norwegen war nicht seine Idee. Es sollte eine Überraschung werden. Und es war eine Überraschung. Warum sie ihn so früh weckten, obwohl sie doch bis nach Mitternacht gezecht hatten, war ihm ein Rätsel. Wie gerne hätte Armin an diesem Tag, dem Tag nach seinem 40. Geburtstag, noch eine Weile geschlafen. Der Hotelwecker zeigte 6:30 Uhr. Mühsam schleppte er sich ins Bad. Zum Duschen hatte er keine Lust. Rasieren könnte er sich auch am Abend oder am nächsten Tag. Schließlich war man ja in Urlaub.

Er hatte die Gardinen und die dicken Vorhänge zugezogen, denn er wusste, dass norwegische Nächte im Juli nicht wirklich dunkel wurden. Nachdem er sich mühsam angezogen hatte, löschte er das Licht im Bad, ging durch den dunklen Schlafbereich und riss die Vorhänge auf.

Balestrand, dieser wunderschöne Ort am Sognefjord, schien es besser zu machen als er und seine Freunde. Der Ort ruhte, obwohl es der Helligkeit nach auch schon Mittag hätte sein können. Mit ihrem sechssitzigen Van waren sie vor zwei Tagen von Bergen hierhin gefahren, wo sie Armins Geburtstag feiern wollten. Henry hatte die Tour vorbereitet. Es waren nur wenige Kilometer, doch die Fahrt durch die Berglandschaft bis zur Fähre und die Überfahrt nach Balestrand hatte mehr als vier Stunden gedauert. Das Kringsja Hotel lag zentral, etwas erhöht, und man hatte einen wunderbaren Blick auf den Sognefjord und die dahinter aufragenden Berge.

Der Bedienung im Frühstücksraum konnte Armin ansehen, dass diese frühen Morgenstunden nicht ihre eigentliche Arbeitszeit waren. Auch seine Freunde schienen wie er wenig Appetit zu haben. Dafür tranken sie alle umso mehr Kaffee, bevor sie sich zu Fuß zum Hafen aufmachten.

Als sie an dem nicht sehr großen Hafen ankamen, waren seine Freunde gut gelaunt. Ob sie wohl seine Anspannung spürten? Immer schon hatte Armin sich für Meerestiere interessiert, große, kleine, Raubfische, Friedfische, selbst Quallen und Korallen fanden sein Interesse.

Er sah den riesigen Kutter und war überzeugt, dass seine Freunde ihn auf eine Kutterfahrt durch den Fjord einladen würden. Obwohl: Sie wussten doch eigentlich, dass ihm die Fischfangmethoden auch der Skandinavier suspekt waren, dass er schon mehrmals Kutterfahrten miterlebt hatte. Er verspürte auch wenig Lust, Fischern beim Hochholen der Netze, beim Öffnen der Netze und dem darauf folgenden Töten zuzuschauen. War dies wirklich ein Fischkutter? Ein metallenes Etwas lag vorne am Bug. Auch ein Kran dieser Größe gehörte nicht gerade zur Grundausstattung eines Fischkutters.

Armin weigerte sich zunächst, als seine Freunde ihm die Augen verbinden wollten, doch da es sich ja offensichtlich um eine Überraschung handelte, ließ er es geschehen. Er spürte, dass sie sich mit ihm über die breite Planke an Bord des Kutters bewegten. Jakob und Henry hatten ihn links und rechts am Arm gepackt und führten ihn in den vorderen Bereich des Schiffes. Leinen los.

Das Schiff verließ den Hafen und nahm Fahrt auf. Warum hatte man ihm die Augen verbunden? Armin hörte, wie Kronkorken von Flaschen ploppten. Man setzte ihn auf eine Holzbank. Wilhelm reichte ihm eine Flasche Bier. „Wohlsein!" drang es von seinen Freunden an seine Ohren. Das Schiff fuhr recht schnell.

Ein wenig hatte er sein Zeitgefühl verloren. Waren sie eine halbe Stunde oder gar schon eine ganze Stunde unterwegs? Der Fjord war zwar breit und lang, aber die Ufer waren doch immer recht nah. Armin versuchte Seegang zu spüren, aber bis auf ein leichtes Schlingern war die Fahrt ruhig.

Er wollte fragen, wie lange er noch die Augenbinde anbehalten müsse, verzichtete aber darauf, da das Ganze ja für ihn veranstaltet wurde.

Das Schiff fuhr langsamer, drosselte die Fahrt, bis es endlich zum Stillstand kam. Nun hörte Armin ein schweres metallenes Geräusch. Das Öffnen einer der schweren Eisentüren, die ins Innere des Schiffes führten?

Seine beiden Begleiter baten Armin sich hinzu-knien. Er sollte seine Arme ausstrecken. Er fühlte Metall. Er tastete vorsichtig entlang einer Rundung, die auf der rechten Seite in eine dicke Metalltür überging. Es handelte sich, das ertastete Armin, um eine Art Öffnung. Kniete er vor dem Metallding, das er vom Kai aus gesehen hatte?

„Noch nicht die Augenbinde abnehmen!", sagte Jakob. Henry sekundierte: „Jetzt musst du durch die Öffnung rutschen." Armin gehorchte und zwängte sich durch die metallene Öffnung. Trotz der Augenbinde nahm er die Dunkelheit wahr, die ihn umgab. „Noch nicht die Augen öffnen!", rief einer der anderen Freunde. Jetzt hörte er ein dump-fes metallenes lautes Geräusch hinter sich. War es die merkwürdige Metalltür, die sich hinter ihm ge-schlossen hatte?

Die Stimme, die er jetzt hörte, kam aus einer Art Lautsprecher von oben: „Jetzt! Nimm die Augen-binde ab!" Armin konnte nicht ausmachen, wessen Stimme er da gehört hatte. Aber er tat, was man ihm auftrug. Er befand sich in einer runden Kapsel. Nur an drei Stellen, zu seiner Linken, über ihm und rechts fiel etwas Tageslicht durch eine Art Bullauge in die Kapsel.

„Happy Birthday, Armin!", klang es blechern und vielstimmig aus dem Lautsprecher. Dann war es Ja-kob, der ihm erklärte, was als nächstes geschehen würde:

„Du wirst es sicher bemerkt haben, dass wir dich zu einer Fahrt in einer Tauchkugel einladen. Eigentlich ist die Kugel für zwei Personen ausgelegt, aber um ehrlich zu sein, keiner von uns hat sich getraut, mit dir in die Tiefe zu fahren. Und, Armin, sei bitte nicht böse, aber von uns interessiert sich höchstens Wilhelm noch für Fische, aber auch nur als Angler."

Die Freunde hatten sich diese besondere Überraschung für ihn ausgedacht, da sie sein Interesse, vielleicht auch Leidenschaft oder sogar Obsession für Meeresgetier kannten. Wie oft schon hatten sie sich anhören müssen, was sie überhaupt nicht interessierte: Fangquoten, Überfischung, internationale Fischgründe. Nun sollte er durch ihre Großzügigkeit eine Welt kennen lernen, die nur wenige Menschen mit eigenen Augen sehen durften.

Und so lag Armin auf dem Bauch in dieser Kapsel. Nur mit Mühe gelang es ihm, sich in eine aufrechte Position zu setzen. Die Luft war frisch und angenehm kühl.

„Wenn du mit uns kommunizieren möchtest, musst du den grünen Knopf gedrückt halten", sagte Jakob oder Wilhelm oder Henry. Überraschung.

Henry drückte den grünen Knopf: „Das ist sehr nett von euch, eine tolle Idee, aber ihr müsst wissen, dass ich ..."

Er hatte den Knopf zu früh losgelassen, so dass seine Freunde nicht hörten, dass er Enge nicht mag.

Schon als Kind fand er seine Spielkameraden äußerst mutig, wenn sie sich in einem Kleiderschrank oder in der Enge unter einem Bett versteckten. Dann bekam Armin schon beim Hinsehen und bei der Vorstellung, selber in einem Schrank zu hokken, Atemnot, lief zum nächsten Fenster, riss es auf und atmete tief durch. Natürlich hatte er auch eine gewisse Bewunderung dafür, dass jemand sich ohne jede Angst in einem engen, dunklen Schrank länger als einige Sekunden aufhalten konnte.

„Angenehme Reise, Armin. Wir hoffen, dass dir unser Überraschungsgeschenk Spaß macht", klang es aus dem Lautsprecher.

In Panik drückte Armin den grünen Knopf.

„Seid mir nicht böse, aber es wäre mir lieber, ihr würdet mich hier rauslassen. Das ist mir zu eng hier!", rief Armin.

Jetzt hörte er eine andere Tonlage, eine Stimme im Lautsprecher, die er nicht zuordnen konnte:

„Das ist völlig normal, aber wenn Sie sich an die Enge gewöhnt haben, werden Sie eine fantastische Unterwasserwelt beobachten können. Wir lassen Sie nun ganz langsam in die Tiefe", sagte die Stimme.

„Mein Name ist Hansen, ich bin der technische Leiter des Tauchprogramms. Normalerweise dürfen nur Forscher in das Bathyscaph. Aber einer Ihrer Bekannten hat wohl einen guten Draht zur Universität und das Ganze hier arrangiert. Für Sie, nur für Sie, Herr Andresen."

Hansen schien auf eine Antwort zu warten, doch Armin war viel zu nervös, um einen klaren Gedanken zu fassen. Sollte er schreien, würden seine Freunde ihn befreien? Er musste es versuchen: „Leute, allen Ernstes, ich bin nicht dafür geeignet. Nochmal, danke für die tolle Idee, aber ich – das Wort Angst kam ihm nicht über die Lippen – habe ... ein wenig ... also das ist mir hier etwas unheimlich, einfach zu eng!"

Hatten sie ihn überhaupt gehört, er hatte doch den grünen Knopf gedrückt. Er spürte, wie sich die Kapsel langsam in die Höhe bewegte. Durch das Bullauge sah er schemenhaft seine Freunde. Freunde? Sie winkten mit der Hand, die keine Bierflasche hielt, und schienen sich bestens zu amüsieren. Nun endete die kurze Fahrt nach oben und Armin sah, wie sich die Freunde und die weiße Brücke des Schiffs Meter für Meter entfernten. Der Schwenkkran stoppte. Durch das Bullauge sah Armin die Reling nach oben gleiten, dann las er „Explorer" am Schiffsrumpf. Es war still in seiner Kugel. Totenstill. Die erste Attacke einer Panik schien überwunden. Er drückte den grünen Knopf: „Ich hatte euch gebeten, mich hier rauszulassen."

Der Lautsprecher antwortete: „Sie werden jetzt ins Wasser gelassen."

Es war Hansens Stimme.

„Für Druckausgleich ist gesorgt. Sie brauchen sich um nichts zu kümmern und es besteht kein

Grund zur Sorge. Sie haben Strom, d. h. einen starken Akku, den Kommunikationsknopf und, wenn Sie wollen, sogar Musik. Das ist eine von etwa 400 Fahrten, so nennen wir das, die dieses Bathyscaph schon hinter sich gebracht hat. Genießen Sie die Fahrt!"

Hinter dem Bullauge nun Wasser. Nun schaute er durch das zweite Bullauge, das sich am unteren Ende der Kapsel befand. Dunkelheit. Wie in einem Aufzug spürte Armin, dass es langsam abwärts ging. Nach etwa zwei Minuten Fahrt schalteten sich Scheinwerfer ein. Starke Scheinwerfer, die helle Bahnen warfen. Auch die ersten Fische sah er. Sein wissenschaftliches Interesse hatte, so fuhr es ihm jetzt durch den Kopf, ihn in diese missliche Situation gebracht. „Genießen Sie die Fahrt!", wiederholte er für sich halblaut. Er musste lachen. Dieses Abenteuer genießen – wie sollte das gehen?

Für so etwas raste sein Herz viel zu schnell. Schweiß stand ihm auf der Stirn. Es ging weiter abwärts. Nun musste er an das Stahlseil denken, das wohl die Kapsel hielt. Würde es auch diesmal halten? Was, wenn es zerreißt? Schnell gab Armin diesen Gedanken wieder auf, denn er wusste, wie mühelos er sich in eine solche Idee versteigen konnte. Er tastete nach dem grünen Knopf.

„Kann man mich hören?", fragte er.

Nach einem Knistern des Lautsprechers hörte er: „Natürlich hören wir Sie, Herr Andresen. Wie fühlen Sie sich?" Sollte er die Wahrheit sagen, sollte er noch einmal darum bitten, ihm diese Fahrt zu ersparen? Er zog es vor nicht zu antworten.

Tiefer und tiefer ging es. Nun bemerkte er eine Anzeige, die nicht sehr hell erleuchtet war und wohl die Tauchtiefe anzeigte. 318 las er. Das war unmöglich. Dann besann sich Armin. Die Angabe war in Fuß, nicht in Metern. Immerhin etwa 100 m unter der Oberfläche, unter dem Schiff, unter seinen Freunden mit ihrem verfluchten Hansen. Warum hatten die Freunde den Sognefjord ausgesucht? Es gab doch diese norwegische Rinne mit 600–700 m Tiefe, aber die lag am Eingang zum Skagerrak, im Süden Norwegens. Sollte dieser Fjord etwa noch tiefer sein? 548,60, dann 607,40. Sein Geburtstagsgeschenk. Armin atmete schnell, zu schnell. Auch wenn Frischluft die winzige Kabine erfüllte, fühlte er eine leichte Übelkeit. Die kleinen Freunde im Schrank, der kleine Paul, eingezwängt unter dem Waschbecken. Er durfte nicht ohnmächtig werden. Nur nicht ohnmächtig werden.

Der grüne Knopf war seine einzige Verbindung zur Oberwelt. Er drückte ihn:

„Wie tief geht das denn noch? Mir reicht es. Ich sehe ein paar merkwürdige Kreaturen in den Lichtbahnen der Scheinwerfer. Ich kenne mich nicht damit aus. Was ist das?"

Es dauerte eine Weile, bis das vertraute Knistern sich einstellte und Hansen sich meldete:

„Man hat mir gesagt, Sie seien ein Experte für Meerestiere. Dann sollten Sie doch eigentlich identifizieren können, was Sie da sehen. Außerdem ..."

Hier brach die Verbindung ab. Armin drückte erneut den grünen Knopf und schrie. Kein Knistern, kein Hansen. 1984,20 ... 2410. Nun schlug Armin mit voller Kraft auf den grünen Knopf.

Längst hatte er es aufgegeben, nach draußen zu schauen. Er hatte jedes Interesse verloren und war nur noch mit sich beschäftigt.

Er versuchte so etwas wie einen Lichtschalter zu finden, aber es wurde ihm klar, dass ein Licht in der Kapsel die Beobachtung der Meerestiere behinderte. Immerhin konnte er die Umrisse der Instrumente in der Kapsel durch die Helligkeit der Außenscheinwerfer erkennen.

Er versuchte seine Gedanken zusammenzuhalten und nicht in Panik zu verfallen.

Vielleicht, dachte er, hilft autogenes Training, wie es ihm ein Arzt für seine Panikattacken geraten hatte.

Sein Herz schlug bis zum Hals, als die Kapsel sich ruckartig drehte. Es schleuderte Armin gegen die Wand der Kapsel. War er gegen einen Felsen geprallt? Warum hörte er nichts mehr von Hansen? Der Tiefenmesser zeigte zu seiner Bestürzung 31 Fuß, dann 612 Fuß, dann 3100 Fuß und wieder 46 Fuß. Er war schweißgebadet. Mit zitternder Hand drückte er den Knopf:

„Meldet euch! Bitte meldet euch!"

Minuten wartete er. Nichts. Doch dann endlich das ersehnte Knistern des Lautsprechers. Wenn auch sehr undeutlich, aber immerhin hörbar, vernahm er die Worte des Forschungsleiters: „Völlig unerwartet ... noch nie passiert ... am Felsen fest ... wir versuchen ..."

Armin versuchte sich einen Reim daraus zu machen, soweit es seine Panik überhaupt zuließ. War das Stahlseil oder sogar die ganze Kapsel unter einen Felsen geraten? Es war ein Ruck, der die Kapsel bewegte. Als würde jemand an der Kapsel reißen. Offensichtlich war das Stahlseil, an dem die Kapsel befestigt war, noch intakt. Auch die Kommunikationsleitung funktionierte, wenn auch eingeschränkt. Armin spürte, wie die Angst ihn lähmte.

Einer der Scheinwerfer war ausgefallen. Hitze stieg in Armin auf. Wie in einem Fiebertraum sah er seine Mutter, sie rief nach ihm. War das nicht Sabine, die von außen gegen das Bullauge klopfte und ihn anlächelte? Er liebte Sabine und er liebte seine kleine Tochter, die sich auf seine Heimkehr freute. Erneut ein Ruck, diesmal noch heftiger. Mit dem wenigen Sauerstoff, den er seinem Gehirn gelassen hatte, gelang es ihm, darüber nachzudenken, was dort oben geschah. Natürlich würden sie das Schiff bewegen, um die Kapsel, um ihn, aus der Umklammerung freizuschleppen. Sauerstoff. Bildete er es sich nur ein oder war die Luft dünner geworden?

Gab es neben dem Stahlseil, der Kommunikations-
verbindung auch ein Sauerstoffseil? War es defekt?
Und der Akku? Auch der konnte nicht ewig halten.
Armin schlug mit den Händen nach der Chimäre,
die wohl irgendwie in die Kapsel eingedrungen sein
musste. Dann lachte er, lachte wie ein Idiot. Natürlich gab es keine Chimäre. Er atmete hektisch,
besann sich, dann atmete er ruhiger. War der große Scheinwerfer schwächer geworden? Oder hatte
seine Sehkraft nachgelassen? Die Stimme, die aus
dem Tiefenmesser zu ihm sprach, war ganz eindeutig die Stimme seines Mathematiklehrers: „Armin,
du bist am Ende." Die Stimme war deutlich, ja, es
war Großmann, Oberstudienrat Großmann, Ma-
thematik und Philosophie, der zu ihm sprach. Nun
war es seine Tochter Lisa: „Papa, wo bist du? Wann
kommst du zurück?" Der große Scheinwerfer war
nun vollends ausgefallen. Ein leichtes Grinsen
spielte in Armins Gesicht, als er wie ein Dirigent
den kleinen Schwarm Fische mit seiner Handbewe-
gung in dem noch verbleibenden Scheinwerfer auf
und ab bewegte. Er spürte seine Beine nicht mehr.
Nun begann er mit äußerster Konzentration zu sin-
gen: „Happy Birthday to you, Happy Birthday to
you, Happy Birthday, lieber Armin. Happy Birthday
to you."

Dann war alles ruhig.

Ein-Fall

Sie

Ich liebe ihn. Irgendwie. Er hat damals den Antrag gemacht. Etwas tölpelhaft. Aber gerade dafür mag ich ihn ja. Irgendwie. Er hatte wohl in irgendeinem amerikanischen Film gesehen, dass man sich vor die Angebetete kniet. Er wollte witzig sein. Originell. Aber Paul ist nicht witzig. Deutschlehrer sind überhaupt nur selten witzig. Oder originell. Dass er nicht selbst in Gelächter ausbrach! Nein, er spielte die Szene zu Ende.

Er

Michaela ist eine gute Frau, ja eine gute Frau. Sie hat ein Gespür für das Notwendige. Doch manchmal übertreibt sie. Neulich bei den Janssens nahm sie einfach so meine Hand und streichelte sie. Die Janssens fanden das merkwürdig, glaube ich. Ja, ich gebe zu, ich fand es auch seltsam. So eine Zurschaustellung von Emotionen. Gut, das gehört irgendwie wohl zu einer Ehe.

Gestern musste ich daran denken, wie ich ihr den Antrag gemacht habe. Ich bin nun wirklich nicht der romantische Typ. Das kann ich mir in meiner Position auch nicht leisten. Immerhin bin ich Oberstudienrat und die Schüler würden mich nicht ernst nehmen. Ich hatte ja schon Probleme damit, den

Werther irgendwie zu vermitteln. Mit *Faust* hatte ich nie Probleme. Das ist klare, gute Germanistenkost. Aber dieser *Werther*?

Zum Glück ist im nächsten Durchgang Stadtlyrik dran. Auch klare Germanistenkost. Ich denke, die Schüler werden das genauso sehen.

Aber ja, wie ich Michaela den Antrag gemacht habe, das war filmreif. Sie hat sich unheimlich gefreut, weil ich so aus mir heraus gegangen bin. Also für meine Verhältnisse.

Sie

Er will wieder an die Ostsee. Wieder Langeweile, Regen, abends schick essen – also, was Paul so schick nennt. Ich will versuchen, ihm Italien schmackhaft zu machen. Ich weiß jetzt schon, dass er wieder sein Lieblingswort auspacken wird, er wird vom „Preis-Leistungs-Verhältnis" sprechen, ja dozieren: „Für das gleiche Geld könnte man …", würde er sagen und „Die Italiener nehmen dich aus" oder „Man kennt die doch …"

Sollte er als Akademiker nicht ein tiefes Interesse an Italien haben? Sein zweites Fach ist doch Erdkunde. Wenn er Erdkunde nicht wie diese Sportlehrer aus Not heraus studiert hat, weil ihm anderes zu anspruchsvoll ist, dann könnte er mir doch stundenlang von, wie war das damals, alpider Faltung, von Endmoränen und Gletschern erzählen. Ich würde es ertragen wie damals, als ich ihn auf Klassenfahrt nach München begleitet habe. Er versuchte, die zehnte Klasse zu begeistern. Dabei spürte ich, sah ich, hörte ich, wie sie ihn verachteten. Er war für sie nur ein weiterer Lehrer, dessen Namen sie schon eine Woche nach dem Abitur vergessen würden.

Er

Michaela will nach Italien. Ihr schwebt eine Kombination aus Stadtbesichtigung und Strand vor. Wie Frauen nun mal so sind, ist ihnen das Preis-Leistungs-Verhältnis völlig egal. Und man kennt das doch, wie Italiener die Touristen ausnehmen. Gerade sie als Buchhalterin bei Grebe sollte doch wissen, dass man für die Hälfte an die See fahren könnte. Das haben wir doch die letzten acht Jahre so gemacht. Aber gut. Dann eben Italien. Immerhin könnte ich danach dem Kollegen Würzbach mit seinen endlosen Reiseerzählungen aus der Toskana etwas entgegensetzen.

Sie

Paul hat sich tatsächlich erkundigt. Flug nach Treviso. Billigflieger. Immerhin in der Nähe von Venedig. Aber muss es ein Billigflug sein? Hotel in Mestre. Sieht schrecklich aus. 160 € für ein Doppelzimmer in Venedig, in Venedig selbst? Doch nicht bei Paul! Lieber so eine Absteige für 65 €. Das Ersparte reicht dann wieder für ein Abendessen.

Er

Habe Hotel in Mestre gebucht. Ist einfach cleverer. Man kann mit dem Zug nach Venedig reinfahren.

Man spart dabei. Zwei Nächte. Anderthalb Tage Venedig reichen doch. Dann will sie natürlich an den Strand, nach, wie heißt das noch gleich, Grado. Hitze. Sonne. Viele Leute. Laute Italiener. Aber dafür liebt man sich ja. Ich glaube, ich mach's.

Sie

Noch acht Wochen bis zum Urlaub. Ich freue mich auf Venedig. Vielleicht können wir dann noch von Grado rüber nach Triest. Soll sehr schön sein. Ich erwähne das Paul gegenüber aber erst, wenn wir mal dort unten sind.

Heute Abend Grillen bei Marga und Franz. Hoffentlich streitet sich Paul nicht wieder mit Franz. Wie beim letzten Grillen, als Paul allen erklärte, wie man die Grillkohle am effektivsten zum Glühen bringt. Ach Paul! Bring dich doch erst selbst mal zum Glühen.

Er

Ich hätte es wissen müssen. Dieser Franz ist ein Trottel. Wie der den Grill anwirft. Er hat keine Ahnung. Finanzbeamter eben.

Noch stressige Wochen bis zu den Sommerferien. Michaela hat aus Rücksicht auf die Kollegen mit Kindern wieder die zwei Wochen genommen, die die andern ihr übrig gelassen haben. Deshalb musste ich Hotels und Flug in der heißesten und teuersten Phase buchen. Ich bin doch als Lehrer auch an die Schulferien gebunden! Aber musste es ausgerechnet wieder Anfang August sein? Italien glüht. Ich mag Glühen nun einmal nicht.

Sie

Paul hat sich mal wieder beklagt: „Musstest du ausgerechnet die August-Wochen nehmen?" Und, mein Gott, er wird immer merkwürdiger. Wie gern würde ich mit Susanne die Italienreise machen. Er wird wieder an allem rummäkeln. Essen zu teuer, Klima unerträglich, Italiener zu laut.

Er

Hatte gestern einfach keine Lust zum Kuscheln. Kuscheln. Wenn ich das schon höre. Sowas geht mir auf den Zeiger. Und dann legt sie wieder diese DVD ein. *Pretty Woman*. Zum xten Mal. Dann beklagt sie sich, dass ich darüber eingeschlafen bin.

Sie

Er ist wieder einfach eingeschlafen. Will ich wirklich nach Italien mit diesem Langweiler? Aber wie er am Telefon mit seiner Mutter spricht! Rührend. Müssen Sonntag wieder zu ihr. Ich wette, es gibt wieder Rouladen.

Er

Muss Blumen für Mutter besorgen. Hat uns für Sonntag zum Essen eingeladen. Es gibt meine Lieblingsspeise. Rouladen. Mutter macht sie einfach fantastisch.

Sie

Habe mit Susanne telefoniert.

Er

Gestern hat sie wieder lange mit dieser Susanne telefoniert.

Sie

Verbringe das Wochenende bei Susanne.

Er

Sie will das Wochenende mit Susanne verbringen!!!

Sie

Susanne will mit mir nach Rom.

Er

Michaela ist in letzter Zeit so aufgedreht.

Sie

Was wäre, wenn ich einfach …

Er

Ich verstehe sie nicht. Hat doch alles, was man so haben will.

Sie

Susanne hilft mir morgen beim Packen. Paul hat eine Besprechung. Wenn er nach Hause kommt, bin ich …

Er

Die Blumenfrau hat mich gefragt, ob die Blumen für meine Frau sind. Habe erst nein gesagt. Dann habe ich doch zwei Sträuße gekauft. Kann ja nicht schaden, mal einen für die Frau. Ziemlich teuer so Blumen.

Sie

Susanne hat mich gedrückt. Wir haben beide geweint.

Er

Michaela ist weg. Finde den Brief auf dem Küchentisch. „Es geht nicht mehr!" stand da.

Was mache ich jetzt mit dem Blumenstrauß? Und die Reise? Ob die mir wohl die Anzahlung erstatten?

III.
Entgrenzt

Gedanken des Postzustellers Walter F. – in der Enge von Ort 3

Phase 1

Ich bin nicht dumm. Ich bin doch hellwach, auch wenn mich dieses blöde Taubheitsgefühl ab und zu stört. Wenn ich dumm wäre, hätte ich die Postzustellerprüfung doch niemals bestanden. Nein, dumm bin ich nicht.

Ich bin schließlich Postzusteller „Ort 3". Auch wenn Fritz gesagt hat: „Walter, du bist dumm.". Das stimmt einfach nicht. Ich denke viel nach, ja. Und ich träume viel. Auch bei der Arbeit.

Gut, ich bin etwas anders als die anderen, verträumt, ja, aber dumm, nein! Und ich habe viel Phantasie. Ich kann weit, weit reisen. Einfach so. In Gedanken.

Wenn ich dumm wäre, wäre ich nicht vom Pastor gelobt worden, als ich meinte, dass ich lieber Gotik mag als Barock. Zuerst hat der Pastor gelacht, aber dann hat er mich gefragt, woher ich die Wörter weiß. „Begriffe" hat er, glaube ich, gesagt. Ja genau, woher ich die „Begriffe" kenne. Und ich habe es ihm gesagt.

Der Opa hatte so ein dickes Buch mit Bildern von Gebäuden, von Kirchen und von Palästen. Alles so Reiche-Leute-Bauten. Das Buch von Opa habe ich geliebt. Und hab alles auswendig gelernt, was unter den Bildern stand. Kann ich heute noch. Jedenfalls zum Teil. Ich kann es aufsagen: „Die Gotik symbolisiert in ihren nach oben strebenden Gestaltungselementen das Streben zum Himmel, zu Gott." Ein Dummer könnte das doch gar nicht sagen. Oder?

Was hätte ich alles werden können, wenn der Kracht mich wenigstens für die Realschule vorgeschlagen hätte. Aber ich war ein Träumer. Auch jetzt schwebe ich wieder mehr, als dass ich schreite.

Ich konnte schon immer eine ganze Stunde still im Wald sitzen und die Bäume betrachten. Nicht nur betrachten, ich habe auch oft mit ihnen gesprochen. Und sie haben mit mir gesprochen. Das habe ich nie anderen erzählt, weil sie sowieso glauben, dass Bäume gar nicht sprechen können. Es ist auch nicht wirklich sprechen, eher so, ich weiß nicht. Jedenfalls fühle ich auch jetzt die harte Borke meines Lieblingsbaums.

Und Dr. Behringer, mit dem ich einmal im Monat sprechen muss, schaut mich immer verblüfft an, wenn ich ihm etwas beschreibe. Ich glaube, er wollte mich nur testen, als er fragte, welche Schuhe er beim letzten Mal, beim vorletzten Mal und bei dem Mal davor getragen hatte. Ich konnte es ihm genau sagen.

Dann, ich weiß es noch genau, hat er mich gebeten, fünf Leute zu beschreiben, die ich in dem langen Flur gesehen habe. Für mich war das kein

Problem. Ich habe ihm alles gesagt: was die Leute so mögen, welche Frisur sie haben, und auch meine Gedanken über das Essverhalten der Leute hat Dr. Behringer fassungslos bestätigt. War ja klar, dass sie weiße Kittel trugen. Das war einfach. Nur auf die Frage, wer von den anderen Patienten mir sympathisch war oder wen ich nicht mochte, darauf konnte ich ihm keine Antwort geben. Und ein wenig Wut kommt bei mir hoch, wenn Dr. Behringer solche Andeutungen macht, wie, man müsse abwarten. Manchmal wende sich doch alles zum Guten, auch wenn es nicht danach aussieht. Ein Mensch in meiner Lage habe durchaus Chancen, mit der Umgebung. Das macht mich wütend, weil ich es nicht verstehe. Genauso wenig, wenn er wieder von Hirnströmen spricht.

Im Wald, ja in meinem Wald, da fühle ich mich wohl. Wenn nur meine Beine sich besser anfühlen würden. Ich könnte schreien, vor Glück, aber das tue ich natürlich nicht, weil ich dann die Stille beenden würde. Ich liebe doch die Stille. Ich horche auf den Wind. Wenn kein Wind ist, lausche ich den Vögeln. Wenn welche da sind.

Wenn keine da sind, gehe ich an den Bach. Der plätschert. Dann lausche ich eben dem Plätschern. Oft folge ich dem Bachlauf, auch wenn es mühsam ist, bis zu der Stelle, an der der Bach in den kleinen See übergeht. Manchmal stelle ich mir die Stelle einfach nur vor, glaube ich, ohne tatsächlich dort zu sein.

Diese Stelle liebe ich am meisten. Dann setze ich mich, rupfe ein wenig von dem Gras oder auch dem Unkraut aus und lasse es durch meine Hände gleiten. Auch meine Hände haben sich heute wieder nicht richtig angefühlt. Dann denke ich darüber nach, was Wasser bedeutet. Ich komme da nicht so weit. Wasser ist einfach da. Es ist weich, manchmal gefroren, es kann kühl oder warm sein. Das ist Wasser.

Ein schöner Tag war, als ich dem Buch begegnete. Der Heinrich hat es mir geschenkt. So ein kleines Heftchen. Er hat mir so viel beigebracht, der Heinrich. Heinrich war mein Friseur. Aber das ist lange her. Die Arbeiter nannten ihn „et Heinche". Die haben ihn nicht ernst genommen. Mit vierzehn kam er in die Lehre beim alten Schlichting. Für die höhere Schule hat es nicht gereicht. Das Geld hat nicht gereicht. Er sollte Geld verdienen. Und so ist er dann Friseur geworden, oben in Ort 3.

Einmal hat er mir die Tonkassette geschenkt. Autogenes Training. Die habe ich gehört. Immer wieder. Obwohl ich immer schon entspannt war. Und ausdauernd. Wer konnte schon wie ich als Achtjähriger beim Seilchenspringen eine Stunde das Seil schwingen. Wir hatten es an der einen Seite am Haus befestigt, an der anderen Seite stand ich. Mit den notwendigen kreisenden Bewegungen schwang ich das Seil, zehn Minuten, zwanzig Minuten, eine Stunde, manchmal länger und die andern konnten hüpfen, allein, zu zweit oder, wenn sie eng zusammenstanden, zu dritt. Jetzt drehe ich wieder das Seil, aber niemand ist da zum Hüpfen.

Ich ließ die andern hüpfen, ich war der beste Seilschwinger, der ausdauerndste, der allerbeste. Selber wollte ich nicht hüpfen. Schwingen, das war's, ich wollte schwingen.

Einmal hatte er mich eingeladen, zum Kaffee. Heinrich wohnte in einem kleinen Häuschen. Die Wände voller Bücher, Kunstbücher, Romane, Reiseführer. Böll, Grass, Russen. Er hatte sie alle gelesen. Er hatte Zeit. Keine Frau, keine Kinder. So wie ich. Vielleicht hätte er gerne eine Frau gehabt. So wie ich.

Ich war so verliebt in Moni, das ist lange her, aber Moni hat sich für Manfred entschieden. Das hat mir weh getan. Ich denke auch heute noch viel an Moni. Dann muss ich abschalten und an etwas anderes denken.

Ja, das Heftchen. Ich weiß nicht, warum Heinrich mir ausgerechnet dieses kleine Bändchen gegeben hat. Nichts habe ich verstanden. Zuerst. Geschrieben hat es Baltasar Gracian. Es heißt *Handorakel und Kunst der Weltklugheit*. Wenn ich heute daran denke, wie lange ich über bestimmte Sprüche nachgedacht habe, muss ich lachen. Ich lache jetzt, ohne dass mein Gesicht sich verändert. Merkwürdig.

Irgendwo sagt dieser Gracian: „Nachdenken, und am meisten über das, woran am meisten gelegen. Weil sie nicht denken, gehen alle Dummköpfe zugrunde: Sie sehen in den Dingen nie auch nur die Hälfte von dem, was da ist; und da sie sich so wenig anstrengen, legen sie großen Wert auf das, woran wenig, und geringen auf das, woran viel gelegen. Viele verlieren den Verstand deshalb nicht, weil sie keinen haben."

Natürlich kenne ich diese Worte auswendig. Ich habe sie auswendig gelernt, als ich sie verstanden hatte. Das ist schon eine Weile her. Vielleicht dreißig Jahre. Ein anderer Spruch, der mir sehr gut gefallen hat, auch wenn es lange gedauert hat, ihn zu verstehen, war: „Seine vorherrschende Fähigkeit kennen."

Phase 2

Und dann habe ich es wieder gehört. Auch jetzt ist es wieder real. Beim Fußballspiel der SC Fortuna gegen die aus Stotzheim. Ich liebe Fußball und deshalb bin ich ganz bei dem Spiel. Ich verfolge jeden Spielzug und merke ihn mir. Nicht dass ich das brauche, ich mache das einfach so. Seine Fähigkeit kennen.

Aber sie haben es wieder gerufen, nicht zu mir, sondern zu den Anhängern der Auswärtsmannschaft. „Das ist unser Walter." Gut, ich habe lauthals geschrien, ich wollte doch meine Mannschaft anfeuern. Aber was wollen die damit sagen: Das ist unser Walter? Was bedeutet das? Unser Walter!

Ja, ich war etwas anders. Die anderen Jungs meines Alters tranken alle Bier, ich habe Alkohol nicht angerührt. Vielleicht wegen Vater. Sie hatten alle Wohnungen, ich nur dieses Zimmer, in dem ich immer diese Piepgeräusche höre. Für mich ist das genug. Ich habe meine Ruhe, wenn ich Ruhe brauche. Ich gehe runter zu den anderen, manchmal auch außerhalb der Mahlzeiten, wenn ich Lust habe, mich mit jemandem zu unterhalten.

Haben die gedacht, sie seien besser als ich? Wieder diese Gedanken. Dabei hatte ich gehört, dass Bernd arbeitslos geworden war, auch Paule hatte seinen Job verloren. Und ich hatte meinen Job. Ich trug weiter die Briefe aus in Ort 3. Jeden Morgen. Bei jedem Wetter. Es war nicht einfach für mich, das schwere Postrad den Berg hinauf zu fahren. Zuerst in die Bahnhofstraße. Meyers bekamen die meiste Post, fast jeden Morgen. Bei Dümpelfeld bekam ich manchmal eine Tasse Kaffee. Die viele Werbung machte meinen Job schwierig. Oder sollte ich sagen schwer. Werbung, die sowieso weggeworfen wurde. Und dabei hatte ich schon einen großen Teil der Werbeprospekte in den Container am Gymnasium entsorgt. Das machte meine Arbeit etwas leichter, mein Gewissen allerdings nicht.

Über 30 Jahre habe ich das gemacht. Ort 3. Montagmorgen war der schlimmste. Es hatte sich viel Post angesammelt und die Fahrt dauerte länger als an anderen Tagen. Bahnhofstraße oben. 11:00 Uhr. Waldstraße 12:10 Uhr. Dann die Fichtenstraße. Unten an der Fichtenstraße wieder bergauf, den Eichenweg hoch. Die Mehrfamilienhäuser rechts und die Häuser gegenüber bediente ich, nachdem ich den gesamten Buchenweg versorgt hatte. Im Traum schwebe ich manchmal auch jetzt noch über die Dächer.

Es gab Tage, meist im Sommer, da habe ich die Ansichtskarten aus aller Welt gelesen. Ich machte eine Wette mit mir selbst, wer von den Schreibern am weitesten entfernt war. Einmal war es Jupp, Bahnhofstraße. Dann wieder Dieter, aus Amerika. Robert war sogar in Thailand. Die Texte waren fast immer gleich. In den sechziger Jahren ging es oft um gutes Essen und tolle Unterkunft. In den siebziger Jahren änderte es sich etwas: da ging es um Abenteuer, Kennenlernen, Glück. Zehn Jahre später gab es weniger Ansichtskarten. Waren die Leute schreibfaul geworden? Und dann die neunziger Jahre. Kaum noch Ansichtskarten. In der Zeit, als ich in Rente ging, gab es nur noch vereinzelt solche Urlaubsgrüße. Das Handy hat alles verändert.

Auf der Hauptschule hat man dann dafür gesorgt, dass ich untersucht wurde. In den sechziger Jahren kümmerte man sich um Behinderungen. Ich habe mich nie behindert gefühlt, aber die Ärzte fanden etwas heraus, das sie psychisch nannten. Seitdem haben mich die Lehrer, besonders meine Lieblingslehrer, mit großer Nachsicht behandelt. Und vor allem Möller hat dafür gesorgt, dass ich eine Ausbildung bei der Post machen konnte, im niederen

Dienst. Möller hat immer mein, wie er es nannte, phänomenales Gedächtnis gelobt und auch ein wenig bewundert. Und das Gedächtnis hat mir sehr geholfen.

Die Prüfung fand in Köln statt. Es hat mich schon etwas gestört, dass auch die Prüfer mich anders behandelten als die anderen. Ich habe die Prüfung bestanden. Vielleicht weil ich alle Bestimmungen auswendig hinschreiben konnte. Wie es mir gelungen ist, genau in meinem Heimatort Briefzusteller zu werden, das weiß ich nicht. Vielleicht haben die Lehrer ihre Finger im Spiel gehabt.

Ich weiß nicht, warum ich so viel nachdenken muss. Ich habe die 60er Chromdioxidkassette eingeschoben. Bin ich der einzige, der noch einen Kassettenrekorder hat?

„Mein rechter Arm ist schwer, ganz schwer; mein linker Arm ...“

Wo bin ich?

Ein gutes Gefühl. Nur die Flut der Gedanken lässt sich nicht abstellen. In solchen Momenten denke ich die absurdesten Dinge. Ich denke an Peter Frankenfeld. Der war gut. Kariertes Sakko. Wim Thoelke danach und natürlich Thomas Gottschalk. Entertainer. Showmaster. „Bruno, den Bolzen!“ Der goldene Schuss, damals noch mit Lou van Burg. Und Millowitsch hat Reklame für Holland-Hähnchen gemacht, bevor Frau Antje ihren Käse verkaufte.

„Eine wohlige Wärme durchströmt mich. Ich bin vollkommen ruhig, gelöst, entspannt und gelokkert." Fast wäre ich eingeschlafen, so tief entspannt war ich. Mir ist immer gleich warm, nie kälter, nie wärmer. Ist schon eigenartig.

Und morgens wieder Ort 3. Schon um 6:15 Uhr sortiere ich die Briefe und das Langholz, so nennen wir größere Briefe und Zeitschriften, in die Holzfächer. Das dauert bis etwa 7:30 Uhr. Dann stecke ich die Briefe in der Reihenfolge von der Wand in die große Posttasche. Langholz kommt nach hinten. Ich schiebe mein schweres gelbes Rad auf die Hauptstraße.

Vor meinem Fenster eine Taube. Sie fliegt gegen die Scheibe. Armes Geschöpf. Ich öffne die Balkontür. Ich will dir doch nur helfen. Hilflos flattert der arme Vogel auf dem Balkon hin und her. Ich trete auf den Balkon. Eingeschüchtert und zitternd versucht die Taube, sich vor mir zu schützen. Ich will doch nur helfen. Warte, ich hebe dich auf, ganz sachte. Ich hebe dich über die Balkonmauer und lasse dich frei.

Die Taube fliegt. Etwas schwerfällig vielleicht, aber sie fliegt. Manchmal braucht man nur einen Anschub, eine helfende Hand. Ich gehe zurück in mein Zimmer, schließe die Balkontür. Eine helfende Hand. Vielleicht kommen die Pieptöne daher.

Phase 3

Den Abend an diesem Septemberabend 1972 habe ich mit Lao-tse verbracht. Das weiß ich so genau, weil ich fast jeden Tag Notizen geschrieben habe. Und das über viele Jahre.

Dieses kleine Büchlein war wieder ein Reclamheftchen. Und wieder von Heinrich, dem schlauen Friseur. Ich lese: „Wer ewig ohne Begehren, wird das Geheimste schauen."

Mein Gott, was soll das heißen? Begehren. Gier oder Begehren? Das Geheimste schauen. Ich muss Heinrich fragen. Warum gibt er mir solche schwierigen Sachen? Ich bin ja nicht dumm, aber das ist doch etwas mehr, als ich vertragen kann.

Ich schalte den Fernseher ein. Sie zeigen Vietnam. Ich schalte weiter. Lieber höre ich Musik. Ich muss das nicht verstehen, Englisch kann ich halt nicht, aber die Musik, diese rhythmische Musik, die Mundharmonika. Sehr beruhigend. Ich weiß nicht einmal, welcher Song da läuft, aber er berührt mich. „Wer ewig ohne Begehren, wird das Geheimste schauen", schreibt Lao-tse.

Am Wochenende war ich in der Aula. Die Aula war wie immer voll, wenn sie ihre Disco veranstalteten. Eigentlich bin ich nur wegen Moni dorthin gegangen. Und dann habe ich sie gesehen. Manfred war in der Nähe. Soll ich zu ihr gehen? Gedanken. Soll ich ihr eine Bluna kaufen? Warum werden die Pieptöne jetzt schneller und lauter?

Ich höre die laute Musik, jemand spricht ins Mikrofon und sagt die Songs an. Rolling Stones, Street Fighting Man. Street Fighting, das verstehe ich. Aber das war nie mein Ding. Postzusteller in Ort 3 sind nun mal keine Kämpfernaturen. Die Studenten auf den Straßen mit Plakaten und Gebrüll. Das war nichts für mich.

In der Zeit starb auch Mutter. Ihr hatte ich von Moni erzählt. Vater hätte ich so etwas nicht erzählen können. Er ist dann auch gestorben. Die Leber.

Und wieder bin ich in längst vergangenen Tagen, Monaten, Jahren.

Das Leben hier ist für viele unerträglich, vor allem, so sagen sie, wegen der Langeweile. Langeweile kenne ich nicht. Nur in den Gesprächen mit dem alten Hübner und der alten Kreuzner kommt dieses Wort immer und immer wieder vor.

Sie haben auch nicht Bücher, so wie ich. Nein, sie blättern im „Express", schauen sich die Bilder im „Stern" an und finden alles öde und langweilig. Bis das Fernsehprogramm beginnt; aber auch dort finden sie nichts, was ihnen Freude macht, sagen sie.

Ich habe meinen Wald, meine Felder, den Schlosspark in Brühl; ich habe einen Fernseher, ein Radio, sogar eine kleine Stereoanlage, aber diese CDs zu kaufen, das kommt mir nicht in den Sinn. Und ich habe meinen alten Kassettenrekorder. Nur die Enge stört mich. Immer diese Enge.

Auf einem meiner langen Gänge von Donatusparkplatz, zunächst nach links, am Huttanusplatz vorbei, hoch zum Brühler Wasserturm, dann runter in die Stadt, habe ich diese Buchhandlung entdeckt. Nennt sich Antiquariat. Antiquariat „Eule". Auf der Kölnstraße, ungefähr 200 m vom Marktplatz entfernt. Hier kaufe ich schon seit längerer Zeit die Bücher, gebrauchte Bücher. Die *Deutschstunde* von Siegfried Lenz habe ich für 2,50 € bekommen. Das Buch ist völlig in Ordnung. Neu hat es sicher zehnmal so viel gekostet. Meistens trinke ich einen Kaffee in der Buchhandlung. Er ist teurer als die einzelnen Bücher. Und dabei ist er schon nach wenigen Minuten weg, während meine Bücher mich vom Regal aus betrachten – wie Freunde – und das, so lange ich will.

Und so kaufe ich immer drei oder vier Bücher, gerade so viel, wie in meinen kleinen Rucksack passen, und nicht so viele, dass sie mir auf dem langen Rückweg zu schwer würden. Schwere Literatur. Das fand ich immer schon witzig. Als Postzusteller könnte ich auch teurere Bücher kaufen. Aber warum?

Dann wandere ich zurück, hoch zum Wasserturm, die erste lange Gerade, dann links, dann lasse ich den Entenweiher links liegen, mache am Huttanusplatz eine kleine Pause, nicht ohne neugierig meine neu erworbenen Bücher zu inspizieren; dann weiter die lange Gerade zum Donatussee; von dort sind es nur wenige Minuten bis zum Donatusparkplatz. Bis zu meinem Zimmer nochmal fünfzehn Minuten. Angekommen.

Phase 4

Die letzten Tage habe ich oft mit dem alten Hübner gesprochen. Verschwommen. Über seine Langeweile, das Fernsehprogramm, dies und das. Dabei ist mir ein Ausdruck herausgerutscht, oder sagen wir besser, gelungen. Also ich habe gesagt: „Herr Hübner, nur eins ist wichtig: *das eigene Leben.*"

Als ich wieder in meinem Zimmer war, wollte ich den Satz aufschreiben. Ich fand ihn primitiv: Natürlich ist das eigene Leben wichtig, aber ich habe weitergedacht. Dabei fiel mir auf, dass man ihn auch anders schreiben könnte: Nur eins ist wichtig: *das Eigene leben.* Ich schaue aus dem Fenster und lächle.

Das Eigene, ich musste es mir einfach selber erklären, *das Eigene zu leben.* Weiter brauchte ich mir diesen Ausdruck nicht zu erklären. Ich hatte verstanden, dass mir dieser Ausdruck aus der Tiefe zugefallen war, zugesprungen war. Aus der Tiefe kann einem ja nichts zufallen.

Und wo ist diese Tiefe? Ist es das, was Dr. Behringer und die anderen Unterbewusstsein oder so nennen?

Man mag es für verrückt halten, aber ich habe meine Bücher, und es sind mittlerweile viele, einzeln herausgenommen, habe den Deckel geöffnet und vorne auf die erste Seite geschrieben: *das Eigene leben.*

Ich hatte einen neuen Wahlspruch, ein neues Lebensmotto. Neu? Doch eigentlich nicht. Habe ich nicht immer schon danach gelebt? Also dumm bin ich nicht.

Was für ein Unsinn! Dr. Behringer sagte mir bei dem letzten Gespräch, dass Herr Hübner und Frau Kreuzner gar nicht existieren. Dabei spreche ich jeden Tag mit ihnen.

Beim Herausnehmen der Bücher fiel mir wieder dieses Buch in die Hände, das von einem Prinzen handelte. Der traf merkwürdige Leute. Die Bilder haben mir immer am besten gefallen, auch wenn es mir einige Mühe bereitete, mir lebhaft vorzustellen, wie die Personen mit den Füßen auf dem Boden bleiben konnten, ohne herunterzufallen oder gegen andere Sterne zu prallen. In meinem Kopf habe ich den runden Planeten zu einer flachen Scheibe geformt. Nun würden weder der Prinz noch die anderen Personen herunterfallen.

Es gibt einige Dinge, die ich hier im Haus nicht verstehe. Nach meiner Pensionierung haben sie mein Konto einbehalten oder wie man das nennt. Sie geben mir ein Taschengeld und Büchergeld. Essen bekomme ich ja zusammen mit den anderen. Ich habe auch nicht nachgefragt.

Habe Hübner und Kreuzner lange nicht gesehen. Wo mögen sie sein?

Ich habe ja nicht viele Wünsche. Und wenn ich irgendetwas brauche, muss ich nur einen der vielen weißen Helfer fragen. Frau Kreuzner hat einmal gesagt, dass sie sich eingesperrt fühlt. Nun muss man wissen, dass Frau Kreuzner ein wenig schwierig ist. Also im Kopf.

Eingesperrt. Das glaubt sie vielleicht nur, weil vor den Fenstern diese Gitterstäbe sind. Dabei versteht sie nicht, dass die Gitterstäbe doch nur ein Schutz gegen Einbrecher sind. Warum sollten man sonst Gitterstäbe haben? Eingesperrt ist man ja nur, wenn man nicht raus darf. Ich darf raus. Und wenn ich die Gitterstäbe berühre, geben sie nach, bis sie verschwunden sind.

Ich sage Frau Mertens an der Rezeption natürlich immer, wohin ich gehe. Obwohl ich das vielleicht gar nicht müsste. Ich glaube, sie weiß, dass ich mich gut auskenne, dass ich jeden Winkel im Wald kenne. Ich sage ihr aber nicht, wie ich mit den Bäumen spreche. Das würden sie falsch verstehen.

Die alte Kreuzner ist noch nie herausgegangen. Um ehrlich zu sein, würde ich sie auch nicht herausgehen lassen. Sie ist so verwirrt, weiß manchmal nicht, welcher Wochentag ist. Die Sendungen, die sie sich im Fernsehen anschaut, sind vom Wochentag unabhängig. Die laufen jeden Tag.

„Rote Rosen" heißt eine von Frau Kreuzners Sendungen. Ich bezweifele, dass Frau Kreuzner oder einer von den Schauspielern sein Eigenes lebt. Die machen doch nur, was ein Regisseur vorschreibt. Also die Schauspieler. Vielleicht auch Frau Kreuzner.

Phase 5?

Ich kam gerade mal wieder aus dem Wald. Dr. Behringer redet immer öfter von meiner Operation. Ich weiß nichts von einer Operation.

Lieber genieße ich das Leben. In der Natur, mit meinen Büchern. Wann war ich das letzte Mal draußen? War ich nicht gerade im Wald? Bei meinen Bäumen?

Ich bin nicht mehr so beweglich. Im Kopf schon. Das spüre ich schon länger. Dr. Behringer erkenne ich auch nur an seiner Stimme. Gestern, oder war es vor einem Monat, hat er so etwas Merkwürdiges gesagt. Da waren auch noch andere in dem Zimmer. In meinem Zimmer. Er hat gesagt: „Manchmal wachen die erst nach Jahren wieder auf."

Nein, ich gehe jetzt einfach los, zu meiner Lieblingsstelle am kleinen See.

Ich bin ich

Damit das von vornherein klar ist: Ich bin nicht verrückt. Es gibt auch andere Menschen, die keine Freunde haben. Natürlich gibt es die. Überall. Und vielleicht ist es ja gar nicht so schlimm, wenn man ganz für sich sein kann. Manchmal streifen mich seltsame Gedanken. Dass die Leute in der Bahn mich anstarren, daran habe ich mich längst gewöhnt. Vielleicht liegt es daran, dass ich auch im Hochsommer meine schweren Trekking-Schuhe trage. Aber das ist doch wohl meine Sache. Wenn das jemand merkwürdig findet, dann ist das seine Sache. Gutes Schuhwerk ist wichtig.

Neulich bin ich am Rathenauplatz in die Tram gestiegen. Da saßen nur seltsame Gestalten. Nur. Oder was soll ich davon halten, wenn einer in sein Handy brüllt, dass er später nach Hause kommt? Ich musste ihm das Mobiltelefon entreißen. Schon interessant, welche Vielfalt an Tönen entsteht, wenn so ein Mobiltelefon auf dem Boden zerspringt. Ich bin dann natürlich etwas früher ausgestiegen. Der Besitzer des Handys ist nicht einmal aufgesprungen. Ich hätte mich beklagt, wenn man mir so ein Gerät zertrümmert hätte.

Aber vielleicht hatte er Angst, ich würde den Baseballschläger, den ich immer bei mir trage, benutzen. Immer habe ich ihn dabei. Man kann ja nie

wissen. Und es sind so viele böse Menschen unterwegs.

Ich hatte einmal diese unangenehme Begegnung
mit der Polizei. Die wollten wissen, was ich mit
dem Baseballschläger mache. Sie waren wohl nicht
zufrieden, als ich ihnen sagte, dass ich ihn immer
dabei habe. Er sei mein Freund. Sie sprachen von
Waffenbesitz, illegal, furchteinflößend. Ich habe sie
nicht verstanden.

Dann kam mir der Gedanke, an das obere, dicke
Ende eine bunte Schleife anzubringen. Das sieht
hübsch aus. Könnte ein Geschenk sein. Ja, das sage
ich beim nächsten Mal der Polizei, wenn sie mich
wieder aufgabeln. Es ist ein Geschenk. Ich meine
das übrigens ernst: Der Schläger ist für mich wie
ein Geschenk, er beschützt mich, gibt mir Kraft.
Und so war es ja auch an diesem Donnerstag.

Eigentlich wollte ich noch bis zum Hauptbahnhof fahren. Es war ja Donnerstag. Und donnerstags
nehme ich gern den Zug nach Gansenheim. Die
Schaffner fragen mich nicht nach meinem Fahraus-
weis. Vielleicht wegen des Baseballschlägers? Einmal hatte ich meine Machete dabei. Das hat Eindruck gemacht. Und dabei hatte ich sie doch in ein
Tuch eingewickelt und nur die Spitze schaute ein
Stück heraus. Man will ja niemanden erschrecken.
Also die Schaffner kennen mich wohl.

Hatte ich schon gesagt, dass ich immer donnerstags nach Gansenheim fahre? Ich steige dann

im Hauptbahnhof ein. Richtung Gansenheim. In Gansenheim steige ich dann aus. Dann gehe ich in das Café am Marktplatz, d. h. ich hüpfe dann vom Bahnhof bis zum Markt, weil ich mich so auf den Kakao freue. Das ist ganz schön anstrengend. Das Hüpfen. Vor allem mit dem Baseballschläger. Und mit den Trekking-Schuhen. Aber es hält mich fit. Meistens singe ich dabei etwas. Etwas Rhythmisches. Es muss ja zum Hüpfen passen. Also letzte Woche habe ich „Im Frühtau zu Berge" gesungen. Das passte gut zum Hüpfen.

Auch im Café starren mich die Leute an. Ich mag das nicht. Ich lege meinen Baseballschläger auf den freien Stuhl neben mir und bestelle mir meinen Kakao. Immer donnerstags. Geld habe ich genug. Meine Mutter ist ja verstorben und hat mir zwei Häuser hinterlassen. Die habe ich natürlich sofort verkauft. Das war eine Freude. So viel Geld. Und mir reicht ja auch die kleine Wohnung oben am Wald.

Freitags bin ich gerne ins Fitnessstudio gegangen. Aber das durfte auch nur ein paar Wochen. Dann kam dieser kräftige junge Mann und bat mich, doch ein anderes Fitnessstudio aufzusuchen. Er sagte, die Gäste hätten Angst vor mir. Vor mir! Dabei habe ich Angst vor den anderen. Die anderen sind so viele. Nicht nur freitags. Dann bin ich nicht mehr ins Fitnessstudio gegangen. Ich bestelle noch einen Kakao, weil der so gut schmeckt. So warm, so süß. Den hat Mutter immer gemacht, so warm, so süß.

Einmal hat jemand zu mir gesagt: „Sie sind aber ein komischer Mensch." Ich finde, dass ich gar nicht komisch bin. Ich kann auch keine Witze behalten. Und dabei schreibe ich mir immer gute Witze auf, wenn ich im Fernsehen einen guten Witz höre. Es gibt auch Witze, die ich nicht verstehe, dann versuche ich stundenlang zu verstehen, worin der Witz besteht.

Neulich erzählte jemand in der Kneipe einen Witz. Das muss ein Samstag gewesen sein, denn ich gehe immer samstags in die Kneipe. Vor dem aktuellen Sportstudio, aber nach der Tagesschau. Der Witz ging so: „Kommt eine Schwangere in die Bäckerei. Der Bäcker schaut sie an und sie sagt: ich glaub ich krieg ein Brot. Daraufhin sagt der Bäcker: was es nicht alles gibt!" Was ist denn merkwürdig daran, wenn jemand in der Bäckerei sagt, dass er ein Brot kriegt? So etwas beschäftigt mich dann lange. Ich bin doch nicht komisch. Komisch ist, wenn man Witze erzählen kann. Ich kann keine Witze erzählen.

Mein Leben ist eigentlich sehr schön. Ich stehe morgens auf, mache mir Kaffee, auch wenn ich lieber Kakao trinken würde, aber das kann ich nicht. Ich kann keinen Kakao. Deshalb fahre ich in das Café in Gansenheim. Immer donnerstags.

Am lustigsten ist es sonntags in der Kirche. Der Pfarrer hatte mich auch schon mehrmals gebeten, doch keinen Baseballschläger mit zur heiligen Messe zu bringen. Aber jetzt ist er daran gewöhnt. Ich sitze immer in der vierten Bank links. Dann kann ich am besten den Worten folgen, die der Pfarrer sagt.

Vieles verstehe ich nicht, zum Beispiel wenn Texte gelesen werden, die vor vielen, vielen Jahren spielten. Aber dieser Jesus, das war schon ein besonderer Mensch. Lustig ist es, wenn der Pfarrer die kleine Treppe hochgeht, sich auf diesen merkwürdigen Holzverschlag stellt, nur noch halb zu sehen ist und dann spricht. Das ist immer wieder lustig. Er erklärt dann die Texte, die vorher gelesen wurden. Oft verstehe ich das eine oder andere, wovon er spricht.

Letztens sagt er so etwas wie: „Auch Jesus war ein Mensch, aber ein besonderer Mensch. Einmal war er für 40 Tage in der Wüste." Aber mal im Ernst, warum geht jemand wie Jesus in die Wüste? Und dann noch 40 Tage. Ist doch klar, dass ihm das nicht gut tut. Der Pfarrer sagte noch, dass der Teufel den Jesus aufgesucht und ihm Gott weiß was versprochen hat. Aber dieser Jesus hat sich nicht reinlegen lassen.

Das fand ich toll. Aber eins verstehe ich nicht: Wer will das wissen? Da ist dieser Jesus in der Wüste, der Teufel kommt, die sprechen ein bisschen miteinander und das war's. Ist dieser Jesus nachher zu seinen Jüngern gegangen und hat gesagt: „Hey Leute, ich muss euch was erzählen. Ich war in der

Wüste, und, was glaubt ihr, wer da plötzlich auftaucht?"

Also, das ist schon eine merkwürdige Geschichte. Er war doch allein mit diesem Teufel. Keine Kameras, keine Mikrofone. Also ich weiß nicht. Lustige Sache, trotzdem.

Nach der Messe stehen die Leute vor der Kirche und reden, reden, reden. Ich mag das nicht. Ich gehe dann schnell nach Hause.

Post bekomme ich selten. Ich schreibe ja selber auch keine Post. Und trotzdem freue ich mich, wenn der Briefträger etwas einwirft. Meistens ist es Post vom Elektrizitätswerk, von der Telekom, von der Stadtverwaltung. Dann setze ich mich ruhig an den Tisch und lese die Post. Schön, dass sie an mich denken. Vielleicht besuche ich die Leute vom Elektrizitätswerk ja mal. Die von der Telekom freuen sich bestimmt auch über Besuch.

Ich habe etwas zugenommen. Ich müsste einfach mehr hüpfen. Ich kenne ja auch viele Lieder, auf die man hüpfen kann. „Wir lagen vor Madagaskar" oder „Eisgekühlte Coca-Cola", das ist lustig. Ein belegtes Brot mit Schinken, ein belegtes Brot mit Ei. Das sind zwei belegte Brote. Ja, man kann sagen, dass ich ein glücklicher Mensch bin. Aber warum erzähle ich das alles?

Auf der Schattenseite

A

Er hieß Arnold. Niemand sonst hieß Arnold. Aber das ärgerte ihn erst, als er bemerkte, dass die Leute in Wollenheim, der kleinen Stadt an der Buer, von „unserem Arnold" sprachen. Irgendwie hatte er das Gefühl, das sei nicht liebevoll gemeint, sondern von oben herab gesprochen.

War es Ende Mai, als er es wieder einmal gehört hatte? Beim Fußballspiel der Borussen gegen die Elf aus Halbertau unterstützte er lauthals seine Borussen. „Vo ...Vo ... an" schrie er oder „Ge do Gas!". „Voran!" sollte das heißen und „Gebt doch Gas!" Aber wenn er aufgeregt war, nahm er es mit der Aussprache nicht so genau.

Ja, da hatten sie es wieder gesagt. Irgendwie entschuldigend und zu den Zuschauern der Halbertauer Mannschaft: „Das ist unser Arnold!" Er hatte nicht verstanden, warum aus den ihm vertrauten Gesichtern, die er so oft auf dem Sportplatz traf, diese Worte zu den Leuten aus Halbertauern gesagt wurden. Und dabei rollten sie mit den Augen. Als wollten sie um Verständnis und Nachsicht bitten. Ja, unser Arnold!

Er wusste schon, dass er anders war. Die Wollenheimer seines Alters tranken Bier, er rührte keinen Alkohol an; sie hatten Wohnungen, manche sogar

Häuser, er nur das Zimmer; sie hatte Freundinnen und Freunde.

Direkt am Zaun standen Markus Söllner und Heinz Everts. Normalerweise hätte man sie als Kollegen bezeichnet, aber nur gelegentlich durfte er bei DrögerBau GmbH arbeiten. Er sprach davon, natürlich nur zu sich selbst, dass er es gar nicht nötig hatte zu arbeiten. Sein Leben war ja bezahlt. Und wenn er arbeitete, dann nur, weil man ihn gnädigerweise ließ. Andere arbeiteten am Gabelstapler, wieder andere an der Packmaschine, andere am Bagger, Arnold an der Schaufel. Oder besser gesagt an einem Spaten. Da war er genau. Eine Schaufel ist rundlich, ein Spaten eher gerade.

Das Spiel war 4:1 für die Halbertauer ausgegangen. Arnold war traurig. Er ging ein Stück auf eine Gruppe zu, die über das Spiel diskutierten. Er hörte „Hätte besser den Rudi eingewechselt" oder „Der Guido gehört in die Verteidigung!" und „Wir sind mit einem 4:1 noch gut bedient."

Er hätte gerne mitdiskutiert, aber keiner der Umstehenden beachtete Arnold, nicht einmal Markus oder Heinz.

Niemand von diesen Fußballfans wusste, dass Arnold sich jeden Spielzug, jeden Abspielfehler gemerkt hatte. Nach einem gewonnenen Spiel saß er oft in seinem Zimmer, schloss die Augen und genoss das Spiel noch einmal, ja, das 5:0 gegen Irmenau ließ er dreimal, viermal in seinem Kopf ablaufen. Solche Siege. Aber eine 4:1 Niederlage löschte er umgehend aus seinem Gehirn, weil es ihn nur traurig machen würde.

Auch Tage und Ereignisse speicherte er, wenn er sie für angenehm hielt. Der Arzt, zu dem er einmal im Monat gehen sollte, hatte ihn öfters getestet. Er hatte das immer ganz witzig gefunden. Obwohl er ein gewisses Unbehagen darüber fühlte, dass dieser Arzt ihn immer duzte, obwohl er vermutlich nur wenige Jahre älter war als er selbst. Schließlich war er 39. Schließlich war er erwachsen. Ein Mann.

Jeden Monat erhielt er sein Geld. Er wusste nicht, woher es kam, aber es interessierte ihn auch nicht. Auf dem Zettel, den er auf der Bank aus der Wand zog, stand etwas von Sozialamt. Sicher, es war nicht viel, aber das Zimmer war ja auch bezahlt.

Den kleinen Fernseher, den Hausmeister Ehring vor zwei Jahren oben links in der Ecke angeschraubt hatte, benutzte Arnold nur, wenn ihn diese Gedanken überkamen. Er hatte einmal diesem Arzt von seinen Gedanken erzählt. Aber hatte der ihm überhaupt zugehört? Arnold spürte genau, ob ihm jemand zuhörte oder ob er mit eigenen Gedanken beschäftigt war.

Heute schaltete er den Fernseher ein. Wegen der Gedanken. Natürlich kannte er die Zahlen und die dazugehörenden Kanäle auswendig. Ehring hatte sie für ihn eingestellt und Ehring hatte beim Festlegen der Zahlen den jeweiligen Sender deutlich genannt. Der Hausmeister hatte an Zufallstreffer geglaubt, als Arnold ihm mit Stocken und in seiner Sprechweise sagte:

„Können ... Sie 134 God TV auf ... 1 le ... le ... legen, die 30 Astro TV auf ... 2? Und bitte die frem .. frem ... fremden Sender nach hi ... hi ... hinten, also den französ ... Kanal 43 auf die 175 und die 124 auf 176. Ich ver ... ver ... verstehe ja kei ... kei ... keine Sprachen."

Immerhin tat Ehring, was von ihm verlangt wurde. Dieser Hausmeister war sowieso ein angenehmer Mensch. Er sprach Arnold immer mit Herr Heuser an. Beim ersten Mal hatte er ihn korrigieren müssen, weil er immer Herr Hauser sagte. Bitte einfach Herr Heuser. Das bin ich, durchfuhr es Arnold, ich, erwachsen.

Einmal im Jahr fand die Bustour statt. Nie hatte Arnold große Lust verspürt, aber das Gefühl, das reale Gefühl, neben einem anderen Menschen zu sitzen und sich mit ihm zu unterhalten, zumindest mit dem, was er für eine Unterhaltung hielt, hatte ihn jedes Mal veranlasst, wieder mitzufahren. Teutoburger Wald, wo oder was war das? Das war ihm völlig gleichgültig. Aber man konnte ihn fragen, wie weit es denn noch bis zu dieser oder jener Stadt sei. Arnold verfolgte immer die Straßenschilder und merkte sich die Namen und Kilometerangaben.

In einem dieser Busse war es auch, als er hörte, wie zwei oder drei Sitze hinter ihm jemand zu seinem Sitznachbarn gesagt hatte: „Sein Vater hat ihn wohl im Suff gezeugt. Armer Teufel." Lange hatte Arnold darüber nachgedacht, ob er damit gemeint sei. Dann schob er den Gedanken wieder beiseite. Doch er kam immer wieder. Sein Vater? Er konnte ihn nicht mehr fragen, weil der Vater schon viele Jahre tot war. Der Tod seiner Mutter wurde ihm auch irgendwie erklärt. Sie sei beim Aufhängen von Gardinen gestürzt, und da niemand in der Nähe war, war sie ihren Verletzungen erlegen.

Seit dem Tod der Eltern hatte er einmal hier und einmal dort ein Zimmer. Manche Zimmer ähnelten eher einer Gefängniszelle, manche nicht. Wenn Arnold über Gefängniszellen nachdachte, wurde er ganz traurig. Deshalb schob er solche Gedanken beiseite. Diese Gedanken.

Heute war ein schöner Tag. Auch wenn die Leute von DrögerBau heute keine Arbeit für ihn hatten, war er nicht enttäuscht. Dann ging er eben ein Stück bergauf, unter den Tunnel hindurch über den Parkplatz in den Wald. Kaum Menschen. Gerade in der Woche. An den Wochenenden zog er es vor, in seinem Zimmer zu bleiben.

Am Abend eines solchen Tages war er glücklich. Dann konnte es passieren, dass er, auch ohne dass die Gedanken kamen, den Fernseher einschaltete. Dann konnte er herzlich lachen. Am meisten erfreuten ihn Nachrichtensendungen. Er fand es lustig, mit welchem Ernst der Mann oder die Frau, in letzter Zeit waren es ja mehr Frauen, aus aller Welt erzählte. Von fernen Ländern, von Taiwan, von Peru, von Venezuela und immer wieder von den USA. Vieles war sehr kompliziert, interessierte ihn auch nicht. Aber er sah die Bilder und wusste, wann er lachen durfte, wann er lachen musste.

Wenn dieser Mann aus England gezeigt wurde, freute er sich, weil ein Mann wie dieser ernsthaft einen vermutlich teuren Anzug trug, dazu eine Krawatte und dennoch kein Geld für den Friseur ausgab. Auch dieser Amerikaner hatte keinen Friseur. Da ging es Arnold besser. Einmal im Monat kam der Friseur ins Haus. Jeder, der wollte, konnte sich anmelden.

B

Herr Ehring, der Hausmeister, schenkte ihm einmal ein Buch. Ein dickes Buch. Was er nicht wissen konnte: Arnold hatte nach dem Tod seiner Mutter nur noch schweigend in der Schule gesessen, hatte Buchstaben und Wörter gespeichert, hatte sich aber stets geweigert, irgendetwas zu schreiben. Und wenn er las, formte er die Buchstaben mit dem Mund. Erst dann, wenn er sicher war, sprach er die Worte. Bücher las er nie.

Aber der freundliche Herr Ehring hatte ihm so von dem Buch vorgeschwärmt, dass er sich schließlich daran gemacht hatte. Lange hatte es gedauert, bis von dem Buch, das Herr Ehring ihm nicht nur mitgebracht, sondern sogar geschenkt hatte, auch nur das erste Kapitel zu Ende gelesen hatte. Allerdings konnte er, auch heute noch, wenn er sich sehr anstrengte, ganze Passagen des Gelesenen wiedergeben. Das Buch hieß *Winnetou I*. Das Buch gefiel ihm. Wenn von der Prärie die Rede war, stellte er sich Gegenden vor, die er bei seinen Busreisen gesehen hatte. Zur Prärie passte, wie er meinte, das Münsterland. Wenn von Schluchten und Bergen die Rede war, dachte er an den Schwarzwald. Die Bustour vor vier Jahren. Drei ganze Monate hatte es gedauert, bis er an das Ende des Winnetou-Buchs gekommen war. Und dabei hatte er täglich mehrere Stunden die Wörter geformt.

Nachdem er Herrn Ehring nicht ohne Stolz erzählt hatte, dass er das Buch ausgelesen hatte, dauerte es nicht lange und der Hausmeister gab ihm einen dicken Band mit Märchen.

Arnold verschlang sie geradezu. Verschlingen bedeutete aber für ihn, langsam zu lesen und natürlich das Auswendiglernen. Jeden Satz, jede Passage von all diesen Märchen. Er hatte sich angewöhnt, vor seinem immer noch recht langsamen Lesen die Seiten zu zählen, die ein Märchen einnahm. Waren es mehr als zehn, wählte er ein anderes und markierte mit Bleistift im Inhaltsverzeichnis, welche er gelesen hatte und welche noch auf Entdeckung warteten.

Rumpelstilzchen hatte ihn so sehr erregt, dass er

Stunden wach lag. Über *Des Kaisers neue Kleider*
schüttete er sich aus vor Lachen, auch wenn er
mehr als zehn Seiten lesen musste. Wie dumm die
Leute doch waren! Ich hätte den Schneidern sofort
gesagt, dass sie da gar nichts auf dem Webstuhl haben, dachte Arnold. Wie das Kind. Das Kind war
schlau. Dachte Arnold.

Er würde Herrn Ehring fragen, was er zu dem
Kaiser gesagt hätte. Ja, das würde er ihn fragen.

C

Die Frau, die einmal die Woche mit Arnold Sprechen übte, hieß Hildegard. Hildegard würde er
nicht nach dem Kaiser fragen. Es hatte eine Weile
gedauert, bis er wusste, was eine Logopädin war.
Das sei Griechisch, hatte sie ihm erklärt. Logos
und paideia. Griechisch aus Griechenland. Auch sie
musste schlau sein, wenn sie Griechisch aus Griechenland beherrschte. Arnold schämte sich, nicht
nur weil er kein Griechisch beherrschte, sondern
auch, weil er zu einer Logopädin musste und die
anderen nicht.

Vielleicht war das gut gemeint, das mit der Lo-
gopäding. Davon wollte Arnold ausgehen. Und so
übte er fleißig, alles so auszusprechen, wie Hildegard es ihm auftrug. Sein Stottern sei besser geworden, hatte sie am Dienstag gesagt. Sein Stottern war
besser. Arnold grinste ein wenig, weil er jetzt atte-
stiert bekam, dass er besser stotterte.

Solche Scherze hatte er nie verstanden. Und jetzt produzierte er selber solche Scherze. Wenn er seinen Spaziergang im Ort machte, blieb er vor einem der Passanten stehen, schaute ihn freundlich an und sagte: „Ich stottere jetzt besser." Nun war er in der Lage, sich darüber zu amüsieren, dass die Leute ihn erstaunt oder mit großem Unverständnis anschauten.

Seit er Bücher las, hatte ihn das Bedürfnis verlassen, bei DrögerBau GmbH anzufragen, ob er mitarbeiten könnte. Dafür hatte er keine Zeit mehr. Oder keine Lust. Frische Luft, hatte der Arzt ihm empfohlen, solle er, so oft es ihm möglich sei, nutzen. Und seine Spaziergänge verbrachte er damit, das Gelesene zu überdenken. So konnte es geschehen, dass Arnold sich ein Gespräch zwischen Winnetou und Aschenputtel vorstellte. Ob „Rumpelstilzchen" Griechisch war? Er würde Hildegard fragen.

Es war Arnold aufgefallen, dass die Leute in Wollenheim sich offensichtlich mit anderen Dingen beschäftigten als er. Nie hatte er jemanden mit einem Buch in der Hand gesehen. In ihren Augen suchte er vergeblich zu lesen, ob sie glücklich waren. Die Erwachsenen waren es offenbar nicht. Die Schüler, die nach Mittag aus der Schule strömten, waren es wohl auch nicht, jedenfalls die meisten. Wohl aber die kleinen Kinder, die durch die Pfützen sprangen und lachten. Arnold beobachtete sie, freute sich mit ihnen; aber als auch er in eine Pfütze sprang, liefen sie verängstigt fort. Was hatten sie nur?

D

Es war schon herbstlich geworden. Ende September. Er verließ sein Zimmer nur selten, weil ihn die Bücher fesselten. Er hatte Herrn Ehring gebeten, ihm zwei oder drei Regale anzubringen, auf die er seine Schätze stellen konnte.

Winnetou I stellte er auf das obere Regal, gleich daneben *Ruf der Wildnis*. Insgesamt war es ihm den Sommer über gelungen, etwas schneller zu lesen.

Die Logopädin, die mit dem Griechisch aus Griechenland, hatte ihm empfohlen, die gelesenen Worte langsam auszusprechen. Doch Arnold bemerkte sehr schnell, dass das seinen Lesefluss hemmte, und so gab er das laute Lesen auf.

Was er nicht aufgeben konnte, war das Memorieren des Gelesenen. Es ergab sich einfach. Hatte er eine Seite hinter sich gebracht, wusste er von allen Zeilenanfängen nicht nur das erste Wort. Er machte aber ein Spiel daraus und las, oder besser zitierte auswendig Sätze, die einen neuen Sinn ergaben, jedenfalls für Arnold.

Und so ergaben sich Sätze wie: „Draußen eure Majestät der Oberzeremonienmeister keit seht sollte Herren griffen die Schleppe etwas los unvergleichlich wäre telt lassen."

Und aus diesen Zeilenanfängen machte Arnold einen Gedanken. Neue Gedanken. Seine Gedanken.

Herr Ehring wurde sein Freund. Er lud ihn eines Tages zu sich nach Hause ein: „Du kannst ja mal vorbeikommen, wenn du möchtest", hatte er gesagt. Arnold analysierte die Worte: „Mal vorbeikommen", ob das so viel hieß wie „besuchen"?

„Wenn du möchtest," hatte Herr Ehring gesagt. Arnold hatte das gut gefallen. Herr Ehring war jemand, der ihm eine Wahl ließ. „Wenn du möchtest". Alle anderen gaben ihm Anweisungen, auch der Arzt und die Heimleitung sowieso.

Die Heimleitung hatte den Bewohnern einmal einen Museumsbesuch ermöglicht. Museum. Arnold hatte nicht gewusst, was das war. Viele Bilder hingen an den Wänden. Die Bilder sagten ihm nicht viel.

Es waren große, meist irgendwie traurige Bilder. Die meisten davon hatten ihn an seine Bibelstunden erinnert. Er wird wohl acht oder neun gewesen sein, als Fräulein Meier ihm und seinen Kameraden vom Jesuskind erzählte. Und vom großen Jesus. Und der hing auf diesem großen Gemälde, genau in der Mitte. Links und rechts andere Gestalten. Viel mehr hatte ihn der Hintergrund fasziniert. Dunkle Wolken, dazwischen Blitze. Morgen- und Abenddämmerung sozusagen in einem.

Arnold besuchte Herrn Ehring, der beiden eine Tasse Kaffee kochte. Herr Ehring, dass hatte er sofort gesehen, hatte eine Menge Bücher und Stapel von Zeitschriften. Als er sich gerade eine der Zeitschriften ansehen wollte, kam Herr Ehring mit dem Kaffee. Er stellte das Tablett mit der Kanne und den Tassen auf den Tisch und goß beiden ein. Dann zeigte er auf einen kleinen Stapel mit Büchern:

„Die habe ich für dich ausgesucht", sagte er, „die kannst du mitnehmen und lesen. Die sind aber nicht geschenkt. Wenn du sie gelesen hast, musst du sie wieder zurückbringen."

Arnold nahm das obere Buch und las den Titel laut: *Der Zauberberg*. Das Buch war dick. Es würde wieder Monate dauern, bis er es von vorne bis hinten durchkämmt hätte.

Es wurde zunächst nicht viel gesprochen an diesem Nachmittag. Der Kaffee war prima. Viel besser als der im Heim.

Dann fragte ihn Herr Ehring, wie Arnold es schaffte, so lange Texte auswendig zu lernen.

„Ich ma ... ma ... mache nichts B ... B ... Besonderes. Ich lese und sch ... sch ...schon sind die W ... W ... Wörter in meinem Kopf."

„Und Gesichter?", fragte Herr Ehring, „die merkst du dir doch auch alle."

„Damit ich w ... w ... weiß, w ... w ... wer böse zu mir ist, m ... mu ... muss ich mir alles merken, vor allem Ge ... Ge ... Gesichter."

„Aber du weißt schon, dass das nicht jeder kann, oder?"

Es erfüllte Arnold mit Stolz, als er dies hörte. Etwas, das nicht jeder kann. Eine besondere Fähigkeit. Eine Fähigkeit, die andere nicht haben. Das meinte Herr Ehring doch. Oder?

Bis jetzt war es nur eine Ahnung, aber nun zum ersten Mal war Arnold sich wirklich dessen bewusst, dass sein Gedächtnis besser war als das anderer Menschen. Er hatte es immer als ganz normal empfunden, wenn er Filmszenen, Fußballspiele, Begegnungen mit den Menschen in Wollenheim noch viel später genau noch einmal vor sich ablaufen lassen konnte. Damit hatte er schon manchen Abend verbracht.

Und jetzt die Bücher. Er spürte eine Dankbarkeit, wie er sie noch nie empfunden hatte.

Aber Herr Ehring war auch etwas Besonderes. Er war Hausmeister und wusste enorm viel. Arnold hatte sich nie besonders mit anderen Menschen beschäftigt. Seit er in den Büchern las, wie die Figuren einander zuhörten, aufeinander eingingen, etwas erwiderten, nachdachten, hatte sich eine Tür geöffnet, die es ihm ermöglichte, über einen anderen Menschen nachzudenken. Zum Beispiel über Herrn Ehring.

Vergangenheit, Gegenwart, Zukunft. Herr Ehring hatte eine Jugend, Arnold hatte eine Jugend. Das war die Vergangenheit. Jetzt ist Gegenwart, dachte Arnold, jetzt sitze ich bei Herrn Ehring, trinke Kaffee, blättere in Büchern und spreche mit Herrn Ehring. Ja, Gegenwart. Und morgen ist Zukunft. Dann kommt Hildegard, bringt mir das richtige Sprechen bei. Zukunft.

In seinen Wiederholungen, ob Fußballspiel oder Film, gab es immer nur Gegenwart, sobald er den inneren Film ablaufen ließ. Da gab es keine Vergangenheit. Und keine Zukunft. Nur Gegenwart. Einfach Gegenwart.

Arnold war froh, dass Herr Ehring ihm Zeit genug Zeit ließ, solche Gedanken zu verfolgen. Er unterbrach ihn nicht. Arnold durchstreifte seine Vergangenheit. Die Arbeit mit dem Spaten, sein Aufenthalt im Sonnenhof. Er als kleiner Junge, der schwieg. Vergangenheit. Mama war gerade gestorben. Papa auch.

Es fröstelte ihn. Er weigerte sich, weitere Türen zur Vergangenheit zu eröffnen. Seine Vergangenheit tat ihm weh.

„W ... W ... Wer hat dir das Le ... Le ... Lesen beigebracht, Herr Ehring", fragte Arnold

„In der Schule, die Lehrerin."

„N ... Nein. Dieses Le ... Lesen."

Er zeigte auf die Regale.

„Mein Vater war Angestellter in einer großen Firma. Er las viel. Sein größter Wunsch war es, dass ich das Gymnasium besuche. Aber dazu kam es nicht. Die Firma ging bankrott, mein Vater versuchte, bei einer anderen Firma unterzukommen. Aber vergeblich. Dann zogen wir fort. Ich war zehn oder elf. Wo wir dann wohnten, dort gab es kein Gymnasium. Ich hätte mit dem Bus und mit der Eisenbahn fahren müssen, über eine Stunde. Das wollten meine Eltern nicht. Also lernte ich Klempner. Lesen fand ich schon immer gut, bis heute."

„Winnetou hat mir ge ... ge ... gefallen."

„Warum?"

„Das sind F ... F ... Freunde. Winnetou und Old Sh ... Shatterhand."

„Und Freundschaft gefällt dir?"

„F ... F ... Freundschaft ist gut. Freundschaft ist s ... s ... sehr gut."

E

Arnold erwachte an diesem Oktobertag. Er fühlte sich frisch und ausgeruht. Neben dem Bett lag *Der Zauberberg*. Er hatte noch nie ein Lesezeichen verwendet. Wenn er weiterlesen wollte, brauchte er nur in dem Buch zu blättern, erkannte sofort die Passagen wieder, die er schon einmal gelesen hatte. An der Stelle, die ihm neu war, setzte er seine Lektüre fort.

Im Frühstücksraum setzte er sich nicht wie sonst an irgendeinen freien Tisch am Fenster, sondern wählte bewusst einen Tisch, an dem noch Plätze frei waren. Jetzt saß er Herrn Brinkhaus und Herrn Ebenfeld gegenüber. Sie sahen ihn verwundert an, als er fragte, ob er sich zu ihnen gesellen dürfe. Herr

Brinkhaus trank ganz langsam an seinem Kaffee und schaute Arnold über den Tassenrand an.

Warum sah Herr Brinkhaus so traurig aus? Und was waren das für Tabletten, die in einem Plastikschuber neben seinem Teller lagen? Arnold brauchte keine Tabletten. Nur einmal hatte der Arzt ihm Tabletten gegeben. Gelbe Tabletten. Arnold mochte die Farbe nicht. Er wollte dieses Gelb nicht in seinem Mund haben. Er hatte sie in der Toilette verschwinden lassen.

Herr Ebenfeld starrte stumm vor sich hin. Er tat Arnold leid. So stumm.

„Wie geht es dir?", fragte Herr Brinkhaus.

„Wa ... Wa ... Warum sind Sie hier, Herr B ... B ... Brinkhaus?"

Herr Brinkhaus schien sich nicht zu wundern, warum seine Frage nicht beantwortet wurde. Er erzählte von früher, vom Krieg, von seiner Frau. Von seiner Krankheit.

Nun erzählte Herr Brinkhaus von seinem Nachbarn, Herrn Ebenfeld. Herr Ebenfeld schaute kurz auf, fixierte Arnold und schien zu verstehen, dass von ihm die Rede war. Das Wort „schizophren" wusste Arnold nicht einzuordnen. Aber er wollte Herrn Brinkhaus nicht unterbrechen. Geduldig hörte er sich die Einzelheiten an. Über die Ostsee. Schlimmer Sturm. Kälte. Der Russe.

Eine Betreuerin unterbrach den Redefluss seines Gegenüber. Behutsam ergriff sie den Arm von

Herrn Ebenfeld. Ohne Gegenwehr erhob er sich, und schlurfte, gestützt von der Betreuerin grußlos davon.

Dies nahm Herr Brinkhaus zum Anlass, noch mehr von Herrn Ebenfeld preiszugeben. Diesmal unterbrach Arnold ihn: „Ich mö ... mö ... möchte das nicht w ... w ... wissen!", sagte Arnold. Er stand auf, wünschte, ohne zu stottern, Herrn Brinkhaus einen guten Tag und verließ den Frühstücksraum.

Heute würde er in das kleine Wäldchen oberhalb der Kapelle gehen. Links am Heim vorbei, den Trampelpfad ein Stück bergauf, an der Bank vorbei, auf deren Schild die Gemeinde Wollenheim als Stifterin geschrieben stand. Dann noch etwa zweihundert Meter. Beim letzten Mal waren es von der Bank bis zu Kapelle 431 Schritte.

Vorsichtig öffnete er die schwere Eingangstür der Kapelle. Er schaute sich um. Dann trat er ein. Er ging ein paar Schritte bis zu der Stelle, an der Kerzen brannten. Er nahm eine neue Kerze, hielt sie mit dem Docht über eine brennende Kerze. Behutsam. Dann stellte er sie zwischen die anderen. Nun streckte er seine rechte Hand aus und hielt sie über seine Kerze. Ganz nah. Nicht wegziehen. Ich kann das. Ich halte das aus. Das Feuer.

Es roch. Der Schmerz wurde unerträglich. Es roch stärker, dann zog er die Hand zurück. Angewidert betrachtete er die verbrannte Stelle am Übergang von der Hand zu den Fingern. Auch wenn seine

113

Augen tränten, drückte er die Tür mit der rechten, der verbrannten Hand auf. Er atmete tief durch. Er spürte den Schmerz. Nun ließ er die Kapelle hinter sich, ging ein Stück auf dem breiten Waldweg, verließ den Weg, zog sich an Wurzeln und Ästen einen Abhang hinauf und setzte sich an einer Stelle, die er schon oft aufgesucht hatte, auf den Boden. Mit den Händen tastete er über das Moos. Der Schmerz in seiner Rechten ließ allmählich nach. Nun drückte er fester auf das Moos, um der Feuchtigkeit nachzuspüren.

Hier fühlte er sich wohl. Hier das Knacken des Geästs, einzelne Vogellaute, der leichte Wind. Er legte sich auf den Rücken, betrachtete durch das Astwerk der Bäume den Himmel. Wie weit der Himmel entfernt war. Er genoss den modrigen Geruch des Erdreichs. Er hatte Freundschaft mit dem Moos geschlossen. So lag er etwa eine Stunde und ließ seinen Gedanken freien Lauf.

Es war ihm klar, dass man ihn wieder für merkwürdig halten würde, wenn man ihn hier beobachtete. Noch merkwürdiger wäre es einem Betrachter vorgekommen, hätte er gesehen, wie Arnold auf dem Bauch kriechend den Stamm einer großen Buche erreichte. Er drückte sich mit beiden Händen vom Boden ab, kniete vor der Buche, streckte seine Hände in die Höhe und ließ sie an der Buche herabgleiten. Dies wiederholte er mehrmals. Wir sind jetzt Freunde.

F

Den Abend verbrachte er lesend. Es wurde früh dunkel. Aber die Lampe auf dem kleinen Schreibtisch spendete genug Licht. Er hatte die ersten Seiten des *Zauberbergs* hinter sich gebracht und es war ihm schon aufgefallen, dass sein Lesen flüssiger geworden war. Aber auch wenn er sich noch so sehr bemühte, dem Gelesenen nur den Sinn abzugewinnen und seinen Geist, sein Gehirn oder was immer es war nicht damit zu belasten, das Gelesene auswendig zu lernen, die Worte hafteten in seinem Kopf.

Seine Lektüre wurde nur durch einen Gedanken unterbrochen. Die Heimleiterin hatte bei seinem letzten Besuch davon gesprochen, Arnold in die Stadt mitzunehmen und dort einigen Ärzten und Vertretern irgendeines Amts vorzustellen. Arnold wollte das nicht. Die Leute würde ihn alle möglichen komischen Sachen fragen. Ob es etwas mit seinem besonderen Gedächtnis zu tun hatte?

Er legte den *Zauberberg* weg. Irgendwie ärgerte es ihn, immer nur von diesen Leuten zu lesen, von Leuten, die Geld haben, die Reisen unternehmen, die teure Lokale aufsuchen. Er war geradezu wütend. Was hatte sich dieser Thomas Mann dabei gedacht?

Arnold erhob sich, nahm den *Zauberberg* und stellte ihn mit dem Rücken zur Wand auf das untere der drei Regalbretter, die Herr Ehring für ihn angebracht hatte. Nun war der *Zauberberg* ein anonymes Buch, ohne Rücken.

Er kramte in der Plastiktüte, die Herr Ehring ihm mitgegeben hatte. Dann nahm er drei Bücher hervor, las die Titel und ordnete sie für sich: *Robinson Crusoe* legte er auf seinen kleinen Tisch. Das könnte ihm gefallen. Wegen des Umschlags. Es zeigte einen struppigen Mann, der unter Palmen aufs Meer hinausschaute.

Das zweite Buch stellte er, umgekehrt neben den versteckten *Zauberberg*. Vielleicht würde er den ja noch einmal vornehmen, irgendwann, auch wenn er das Buch nur mit großer Mühe lesen konnte. Dos-to-jew-ski, *Der Idiot*. Der Titel schreckte ihn ab.

Was sollte er mit dem dritten Buch machen? Er blätterte es durch, fand eine Unzahl von Bildern, schönen Bildern, die türkisblaues Meer zeigten, Strände, aber auch Berggipfel. Es war ein Reiseführer. Sardinien. Er legte es neben *Robinson Crusoe*.

Sein Ordnungssinn verlangte ihm einiges ab. Plötzlich sah er den *Zauberberg* noch kritischer. Er konnte es nicht beurteilen, es fehlten ihm die Begriffe, aber er spürte ein Unbehagen und fand dann doch einen Begriff für diese Art von Büchern: unlebendiges Zeug.

Wie viel besser war doch *Winnetou*. Dieser Karl May kannte das Leben. Er wusste viel über Menschen, sogar über Indianer. Er würde Herrn Ehring bitten, ihm mehr solcher Bücher zu geben.

Er setzte sich, griff nach *Robinson Crusoe* und begann zu lesen.

G

Arnold schaute auf seiner Armbanduhr. Es war 4:13 Uhr.

Jeden Satz, jedes Wort, jede Silbe, ja jeden Buchstaben hatte er geliebt. Der Schiffbruch, der Sturm. Er hatte Mitleid mit Robinson. Und Arnold war ganz nah bei ihm. Wie gerne hätte er ihm geholfen, die nützlichen Dinge aus dem Wrack zu holen. Er hätte ihm beim Hüttenbau geholfen. Vielleicht wären sie Freunde geworden. Aber jetzt war er allein auf dieser Insel. Und Arnold? Auch er hatte seine Insel.

Arnold zog seine Kleider aus, setzte sich einen kurzen Augenblick sinnierend auf die Bettkante, betrachtete kurz die Brandblasen an seiner Hand und legte sich schließlich ins Bett.

In der Zwischenwelt von Wachen und Schlafen schaute er auf die stürmische See hinaus. Ermattet lag er auf dem heißen Sand. Er war glücklich, noch glücklicher vielleicht als die Kinder mit ihren Pfützen. Er nahm den warmen Sand auf, ließ ihn durch die Hand gleiten und schlief ein.

IV.
Grenzenlos

Papier – Rücken – Schreiber

Teil 1

1.

Dear Sir or Madam, would you read my book

„Bastian, träum nicht!" Es war sein Kollege Wilfried, der im Türrahmen stand. Beide hatten etwa zum gleichen Zeitpunkt bei der SECURA angefangen. Sebastian Heuger hasste es, Basti oder Bastian genannt zu werden. Dennoch freute er sich über den Kaffee, den Wilfried ihm reichte. Zum Dank heuchelte Sebastian Interesse, als Wilfried wie so oft die Bundesligaergebnisse des Wochenendes kommentierte. Das war der Preis für den Kaffee.

Rasch ließ Sebastian die Blätter, auf die er gerade geschrieben hatte, unter einem Aktendeckel verschwinden. Noch zwei Stunden bis 16:30 Uhr.

Als er sich wieder unbeobachtet fühlte, lehnte er sich zurück, die Hände im Nacken: Dieser Georg wird von allen um Rat gefragt, ganz gleich, welches Reiseziel gerade gefragt ist. Er kennt sich aus … Ich muss morgen ein überraschendes Ende finden, irgendwie überraschend.

„Herr Heuger, haben Sie den Vorgang Meyrink geprüft?" Es war Lea Pölz, seine Bezirksleiterin in der SECURA.

„Ja, aber ich befürchte, wir müssen zahlen", sagte Sebastian, „keine Zahlungsrückstände und sie hat Taxe 4B gewählt. Keine Chance!"

„Ich sehe mir das noch mal an", gab Lea Pölz zurück, „vielleicht können wir über Mitschuld was machen."

„Wie Sie meinen, Frau Pölz."

Sebastian reichte ihr die Akte Meyrink und nahm eine neue Akte vom Stapel. Nun fiel sein Blick auf das Foto, das ihn mit seiner Frau Sibylle auf Sardinien zeigte. Sardinien. Sebastian liebte Sardinien. Im Hintergrund ein Fischerboot auf dem felsigen Strand. Kiel nach oben. Sebastian ließ seine Gedanken kreisen:

Sie treffen alle pünktlich ein. Alle. Sie nehmen ihre Plätze ein. Alle. Sie checken Emails. Fast alle. Dann beantworten sie die Mails. Zunächst die dringenden, dann die weniger bedeutsamen.

„HerrMeyerkönntenSiekurzinmeinBürokommenWirmüssenüberdieMessesprechen."

120

„Sofort, oder kann ich gerade noch..."

„LiebersofortwennesIhnenmöglichist."

Justus Meyer, 45, verheiratet, zwei Kinder, zehn und sieben, erhebt sich, nimmt sein Jackett vom Stuhl, zieht es umständlich an, wirft noch einen Blick auf den Schreibtisch und schreitet an den anderen vorbei: an Frau Köhnen, der guten Seele der Buchhaltung, an der Praktikantin, die ständig grinst, an Rolf Hemmersbach, mit dem er sich seit dem Betriebsausflug duzt, an Manfred, der für die Qualitätssicherung zuständig ist. Dann hat er den Flur erreicht, den er noch durchschreiten muss, um zum Büro des Chefs zu gelangen.

„DasindSiejasetzenSiesichichhabehiereinenPlanvonunseremMessestandichmöchtedassSienochmaleinenBlickdraufwerfenundmirVorschlägemachenwennesetwaszuverbesserngibt."

Meyer sieht, dass Krahwinkel wieder seiner Anregung nicht gefolgt ist. Wieder hat der Chef die Ansaugpumpen in die linke Ecke des Stands in Halle 4 postiert. Die Filterstutzen nehmen den hochpreisigen Pumpen die Sicht. Wie soll ein potentieller Kunde...

„UndMeyerfälltIhnenwasaufmüssenwirwasändern?"

„Ich glaube nicht, Herr Krahwinkel. Ich hätte zwar gedacht, wir würden die Pumpen weiter vorn ins Blickfeld ..."

„DastehendochHuberSeitzundSieEsistIhreAufgabedie Kundenbehutsamaberzielführend ..."

Meyer nahm die Ausführungen seines Chefs zwar wahr, aber ein kleiner Gegenstand auf Krahwinkels Schreibtisch hatte seine ganze Aufmerksamkeit eingenommen. Es war ein kleines Boot, eher ein Kanu, ja, ein Kanu, wie es die Indianer bauten, mit geschwungenem Bug und geschwungenem Heck. Mehrere Menschen hatten darin Platz.

Er hob die Hand über den Rand des Kanus und ließ sie ins Wasser gleiten. Die Kühle des Sees ließ ihn leicht frösteln. Es war ein angenehmes Frösteln. Er schaute den Schlieren nach, die seine Hand, ohne dass er sie bewegte, im Wasser hinterließen. Sie formten eigene kleine Wellen, die sich nach wenigen Inches wieder verbanden, schwächer wurden und schließlich ganz verschwanden.

Der Indianer, der vor ihm, das linke Knie auf dem Kanuboden, den rechten Fuß fest aufgestemmt, sein Paddel immer wieder kraftvoll in den See stieß und das Kanu in gleich bleibender Geschwindigkeit hielt, wurde von seinen Leuten „Flinker Wolf" genannt. Jedenfalls war das die Übersetzung, die ihm Old Harry, der Fallensteller, anbot. Flinker Wolf habe mit bloßen Händen einen Wolf, der sich seinem Zelt genähert hatte, erwürgt. Er solle sich doch einmal die Kopfbedeckung des Indianers ansehen. Ja, Old Harry hatte Recht. Von seinem Federschmuck baumelte links am Ohr etwas, das wie eine Wolfspfote aussah.

Noch etwa eine halbe Meile auf dem See, bis sie die Insel erreicht hätten, wo Nick Adams und sein Vater ihn erwarteten.

„HörenSieüberhauptzuMeyerGehtesIhnennichtgut?Lassen SiesichmaldurchcheckenKennenSieeinengutenArzt?"

Oh ja, einen sehr guten. Er hat einmal einen Kaiserschnitt bei einer Indianerin gemacht. Mit einem Taschenmesser.

Ja, dachte Sebastian, das ist eine meiner Lieblings-
geschichten. Er hatte sie geschrieben, nachdem ihm
sein Freund Gregor einen antiquarischen Band mit
Hemingway-Storys geschenkt hatte. Sollte er seine
Kurzgeschichten bei „We Print Your Book" druk-
ken lassen? Aber wie sollte er seine Werke verkaufen, an Leser bringen?

Endlich war es 16:30 Uhr. Er nahm seine Umhängetasche, dann die Zettel, auf die er heute den
Fortgang seiner Geschichte *Georg reist* geschrieben
hatte. Zwischen den Akten Leutert (Wasserscha-
den) und Meyrink (Einbruch). Er steckte die Zettel in das kleine Seitenfach seiner Tasche. Heute
Abend würde er sie beenden. Georgs Geheimnis
würde er lüften.

Er hatte schon die Abteilung Lebensversicherung
erreicht, als ihm einfiel, dass er wieder einmal vergessen hatte, seinen Computer auszuschalten. Also
ging er zurück, öffnete die Glastür seines Büros,
griff nach der Maus und schob den Cursor auf
„Herunterfahren". Ja, eine Kurzgeschichte, in der
ein Computer vorkommt, das könnte ein lohnendes
Thema sein. Aber zuerst würde er *Georg reist*, dann
Die Fähre und noch *Vergessen* zu Ende schreiben.

Die 24 war wieder überfüllt und erst zwei Statio-
nen weiter wurde ein Platz, sogar ein Fensterplatz,
frei. Sebastian schaute aus dem Fenster. Warum
Fontane?

O trübe diese Tage nicht,
Sie sind der letzte Sonnenschein,
Wie lange, und es lischt das Licht,
Und unser Winter bricht herein.

Dies ist die Zeit, wo jeder Tag
Viel Tage gilt in seinem Wert,
Weil man's nicht mehr erhoffen mag,
Daß so die Stunde wiederkehrt.

Die Flut des Lebens ist dahin,
Es ebbt in seinem Stolz und Reiz,

Und sieh ...

Angekommen. Er zwängte sich an den Knien seiner Mitreisenden vorbei, strebte zur Tür, trat auf den Bahnsteig und atmete erleichtert durch. Sibylle würde schon auf ihn warten: Wie war dein Tag? Hast du an die Milch gedacht?

Die Milch! Sebastian hasste es, für nur einen einzigen Artikel in den Laden zu gehen. Also kaufte er bei Frau Spengler ein Paket Nudeln, vier Äpfel und die Milch. Gerade so viel, wie in seine Umhängetasche passte. Es war fast 18:00 Uhr, als er die Haustür aufschloss. Er wusste, dass Sibylle wieder vor dem Fernseher saß und irgendetwas schaute. Unter den Belanglosigkeiten, die das Gerät verströmte, nahm er eine Begrüßung wie „Hallo, Schatz" wahr, die er nur zögernd erwiderte.

„Hast du an die Milch gedacht?", rief es aus dem Wohnzimmer. Wortlos stellte er seine Einkäufe auf den Küchentisch und betrachtete schweigend die

Regentropfen, die auf dem Küchenfenster ein eigenartiges Bild erzeugten.

Und dahinter das Meer? Com´é profondo il mare.

Wie würde er wohnen, wenn seine schriftstellerische Tätigkeit anerkannt würde? Sicher nicht in diesem Haus. Würde er kündigen können? Das Haus und die SECURA? Er grinste, als er zu den Kündigungen auch Sibylle hinzufügte, die jetzt hinter ihm stand. Hinter ihm stand? Sie würde das Abendbrot herrichten. Das bedeutete, er hatte einige Minuten, um über *Georg reist* nachzudenken. Den Fernseher würde er dabei nicht ausschalten.

Sebastian hatte die Fähigkeit, solche Störungen wie Fernsehen völlig auszublenden, wenn er seine Geschichten ausdachte. Ja, es gelang ihm sogar, neben Sibylle auf den Bildschirm zu schauen und dabei neue Geschichten zu entwerfen, sich neue Figuren auszudenken. Die Ergebnisse dieser stummen Kreationen hielt er später, wenn Sibylle schlief, in einer Kladde fest, oft nur in Stichworten. So waren auch die ersten Kapitel seines Romans entstanden, den er im Urlaub zu Ende schreiben wollte. Auch einen Titel hatte er bereits: *Verflucht.*

Der Fernseher lief. Was gab man heute? Heute gab man einen Kriminalfilm, in dem eine wenig weibliche Kommissarin ihre Untergebenen, natürlich männlich, zusammenstauchte, herumkommandierte und mit Suchaufträgen bedachte, während sie selbst über ihre Alkoholsucht sinnierte, durch die ihr Privatleben ins Wanken geraten war. Mehr wollte Sebastian dem Film nicht entnehmen. Natürlich beschäftigte ihn kurz der Gedanke, dass früher Kommissare, stets männlich, nicht verhaltensauffällig waren oder, wie es im pädagogischen Handbüchern hieß, verhaltensoriginell. Sie erledigten einfach ihren Job.

Und so schaltete Sebastian seinen Geist um und schrieb gedanklich an der Fortsetzung und dem Ende von *Georg reist*. Schon nach zehn Minuten kam ihm der zündende Gedanke:

Dieser Georg, ein einfacher Postangestellte, wusste alles über Italien, Spanien, Schottland, ja sogar die skandinavischen Länder. Und er konnte mit Namen von Hotels oder Restaurants aushelfen, die er selbst nie gesehen hatte. Alles was er wusste …

Ja, das war es!

Alle belagerten Georg, fragten nach Unterkünften in Irland, Asturien und Marokko. Und nicht einer von ihnen kehrte nach seiner Reise enttäuscht zurück, im Gegenteil: Man bedankte sich voller Bewunderung für Georgs profunde internationale Kenntnisse. Und dabei hatte Georg. …

Jetzt, als die immer etwas frustriert wirkende Kommissarin die vielleicht entscheidende Spur verfolgte, konnte Sebastian den letzten Satz, in dem die Leser erst Georg Geheimnis erfahren, schreiben. „*Georg reist*"war fertig. In seinem Kopf.

Georg reist

Was würdest du uns empfehlen, Georg? Wir fahren nach Venedig, aber wir wollen nicht mehr als drei Tage in der Stadt verbringen.

Habt ihr ein Auto da?

Nein, wir fliegen nach Venedig und haben drei Nächte gebucht. Für die restlichen vier Tage suchen wir noch was.

Ja, dann nehmt den Zug nach Triest. Ihr müsst zuerst von Venedig Santa Lucia mit der Bahn nach Mestre, 10–15 Minuten etwa. Dann steigt ihr um und fahrt in zweieinhalb Stunden über Treviso, Coneglioano, Udine und Gorizia bis Trieste. Alte KuK Stadt, italienisch, österreichisch und schon mit einem Hauch von Balkan. Slowenien und Kroatien sind nur einen Steinwurf entfernt.

Lisa und Hans bedankte sich höflich bei Georg.

Er kannte alle Ecken Europas von Norwegen bis Griechenland, von Polen bis Portugal.

Obwohl er nur Postangestellter war, kannte er sich aus. Und alle staunten über seine Kenntnisse.

Irland?

Kein Problem. Georg erzählte voller Stolz von The Burren, von Galway, von Connemara. Er kannte Fischer in Mayo im äußersten Nordwesten Irlands, wusste, wo man günstige Bed&Breakfast-Unterkünfte findet. Er war ein gefragter Berater.

In seinem Stammlokal wurde er meist aufgesucht. Vor Reisen, aber auch, nachdem die Reisenden seinen Ratschlä-

gen gefolgt und wieder wohlbehalten aus Asturien, Andalusien, Montenegro, Albanien oder Süditalien zurückgekehrt waren.

Georg war unverheiratet. Mit seinen 48 Jahren hielt er es auch für angebracht, sich lieber Reisezielen zu widmen statt eine Beziehung einzugehen.

Und wie verständigst du dich in allen Ländern, die du bereist, hatten ihn Ratsuchende gelegentlich gefragt.

Meistens mit Englisch, aber für Spanien, Italien oder den Balkan muss man sich schon ein wenig mit den Landessprachen beschäftigen, hatte Georg dann gewöhnlich geantwortet, wenn dergleichen zur Sprache kam.

Das leuchtete den Fragern natürlich ein, und es kam eine gewisse Bewunderung für den einfachen Schalterangestellten auf. Für den recht altmodisch gekleideten Georg, den man bis in den Herbst in Flechtsandalen sehen konnte. Er war zwar korrekt gekleidet, wenn er Kunden bediente, aber nicht selten spottete man über den grünen Pollunder oder die dünne hellblaue Strickjacke, die so gar nicht zu der pflichtgemäß umgebundenen roten Krawatte passte.

Apulien? Unbedingt nach Lecce. Und natürlich das Bodenmosaik in der Kirche von Otranto.

Asturien? Nein, bloß nicht den Jakobsweg. Weiter südlich über Burgos von Süden zu den Picos de Europa.

Portugal? Unbedingt Porto, aber dann den Douro entlang mit der Eisenbahn. Zwei bis drei Stunden für maximal 14 Euro.

Danke Georg.

Mindestens viermal im Jahr war Georg nicht hinter seinem Postschalter. Und jeder wusste: Er wird wohl wieder unterwegs sein. Mit Billigflug, Bus und Bahn. Natürlich außerhalb der Saison.

Im „Goldenen Reh" hatte er anklingen lassen, dass er sich sehr für Schottland interessierte. Vermutlich war er also in Schottland und könnte bei seiner Rückkehr wieder herrliche Geschichten erzählen. Von Tälern und Flüssen, von Wäldern, kleinen Dörfern, Whiskydestillerien und schottischer Küche. Geheimtipps. Er würde allen wieder nützliche Tipps geben können.

Als Georg den Eifel-Express in Blankenheimwald verließ, mit einem riesigen Rucksack, der offensichtlich sehr schwer war, was man daran erkannte, dass er ihn auf dem Weg zum Bus, der ihn nach Blankenheim brachte, mehrmals absetzen musste, war er guter Dinge.

Im Gasthof „Rose" hatte er wieder für zwei Wochen sein Einzelzimmer gebucht. Der Wirt begrüßte ihn wie immer mit äußerster Freundlichkeit. Er war schließlich in diesem Jahr schon das dritte Mal für zwei Wochen Gast in der „Rose".

„48 Euro mit Frühstück, wie immer?"

„Ja natürlich."

„Und wieder Zimmer 4 mit Blick auf die Burg?"

„Ja bitte."

Georg pflegte nur kürzere Spaziergänge zu machen. Den Rest des Tages vertiefte er sich in seine Literatur. Und so hätte ein Beobachter aus seinem Heimatort den Postangestellten Georg Schneider, 48, hinter einem Stapel von buntem

Material, Karten und Reiseführern sehen können.

„Oh, geht's nach Schottland?", fragte der Wirt, der ihm sein alkoholfreies Weizen brachte.

„Ja, in zwei Wochen. Hirschsaison in den Highlands."

„Zum Wohl!"

Georg drehte den Schottlandführer herum. Er wollte einfach nicht Rede und Antwort stehen müssen. Außerdem las er parallel gerade in einem Führer über Madeira. Dann kam sein Schnitzel. Am vierten Tag erst griff er zu einem der vier Schottlandführer und war fasziniert von den herrlichen Bildern. Nachts träumte er vom Eileen Donan Castle und von der Isle of Skye. Er hörte sich im Schlaf reden, wie er einem seiner Bekannten die Sehenswürdigkeiten Edinburghs schmackhaft machte.

Und am nächsten Abend schaut er gedankenverloren auf Burg Blankenheim. Kein Dudelsack weit und breit.

Vielleicht sollte er es doch irgendwann einmal wagen, durch Europa zu reisen, dachte er bei sich.

Der gute Plinius kam ihm in den Sinn. Plinius hatte einen Sekretär, dem er seine im Kopf konzipierten Gedanken diktieren konnte. Sebastian war sein eigener Sekretär. Und so musste er warten, bis die beiden Frauen seines Abends, die auf flott gestylte Kommissarin und seine Sibylle zu einem guten Ende kämen, bis also die Kommissarin den Mörder überführt hätte und zu ihrem Wodka zurückkehren könnte und bis Sibylle nach dem Abschminken und dem Auftragen der Nachtcreme ins Bett sinken und erstaunlich schnell einschlafen würde.

Auch heute trug sie ihre Nachtcreme auf, ein sicheres Signal für Sebastian. Trug sie, wie vor 14 Tagen, keine Nachtcreme auf, wusste Sebastian, was die Verwalterin der Sexualität im Hause Heuger von ihm erwartete. Heute konnte er durchatmen, sich an den Wohnzimmertisch setzen und *Georg reist* zu Ende schreiben.

In den Abendstunden schrieb er mit Füller, die literarischen Notizen im Versicherungsbüro schrieb er meistens mit einem der billigen Kulis mit der Aufschrift: SECURA – Versicherung nach Maß. Gegen 2:00 Uhr begab er sich zu Bett. Traum. Roter Teppich. Literaturfestival. Award. Gewinner: Sebastian Heuger.

2.
And his clinging wife doesn't understand

„Hast du wieder die halbe Nacht an deinen Storys geschrieben?"

Das war das Erste, was Sibylle beim Frühstück fragte. Der vorwurfsvolle Ton war nicht zu überhören.

„Nur kurz", log Sebastian, „ich hatte da eine recht gute Idee."

„Deine Ideen. Oh, Sebastian. Warum schreibst du nicht etwas Lustiges, das vielleicht jemand lesen möchte?"

Er wusste, dass sie jetzt Torsten Sträter erwähnen würde. „Warum schreibst du nicht etwas wie dieser Torsten Sträter? Den magst du doch so."

„Ich finde, wie er mit Sprache umgeht, wirklich genial", entgegnete Sebastian, „aber es ist nicht meins. Ich möchte Literatur schreiben. Mit Humor, ja, durchaus, aber mit mehr ..."

„Mein kleiner Hemingway ..."

Der Rest des Frühstücks verlief schweigend. WDR 4 spielte *Love is in the air*, gefolgt von einem Song, in dem eine vermutlich junge Dame etwas sang wie „eine wie eech, suche jemand wie de-ech". Warum verhunzt ihr unsere schöne Sprache so? ging es Sebastian durch den Kopf. Als ob man nicht „mich" und „dich" sagen kann! Kurz darauf die Nachrichten, das Wetter. Und wieder meinte jemand, man reise besser „mit leichtem Gepäck" . Sebastian wollte nur noch weg. Ins Büro. In die SE-CURA. An die Arbeit.

Die 24 hatte nur wenige Minuten Verspätung. Jetzt, um 8:17 Uhr, war die Bahn nicht so über-füllt wie zwischen sechs und acht. Er schaute sich um, fand mehrere Sitzplätze und entschied sich für einen Fensterplatz gegenüber einem jungen Mäd-chen, das, wie fast alle anderen Fahrgäste, mit sei-nem Mobiltelefon beschäftigt war. Die überlangen

Fingernägel der Daumen – waren das kleine Gesichter auf den Nägeln? – schienen nicht zu stören. Die Daumen mäanderten in berauschender Geschwindigkeit über das Display. Sebastian musste lächeln. Seine Bewunderung überwog die Verwunderung darüber, was man und wem man schon zu dieser Zeit schreiben konnte. Und wieder griff sein wacher Geist zu. Er würde diese Form der Kommunikation in einer seiner zahlreichen Geschichten verarbeiten.

Sibylle würde jetzt Arbeitsblätter verteilen. Wie alle Lehrerinnen und Lehrer. Auf den mit unterschiedlicher Mühe gestalteten Blättern hatten die Kinder dann Eintragungen vorzunehmen, die am Ende der Stunde verglichen wurden. Warum unterweisen die Lehrer ihre Schüler nicht mehr? dachte Sebastian. Und längere Texte? Lesen? Markieren? Diskutieren?

Ein leichter Ruck der Bahn meldete seinem Gehirn, dass wieder eine Station erreicht war. Noch vier bis zum Grunertplatz, seinem Ziel, von dem aus er die SECURA in weniger als vier Minuten erreichen würde.

Ich muss meine Geschichten veröffentlichen! Die Absagen von mehreren Verlagen hätten viele andere entmutigt. Aber Sebastian war schon als Schüler beharrlich und die Anfeindungen seiner Mitschüler hatten ihn kalt gelassen. Wenn er auf dem Schulhof von Ovid oder Thomas Mann angefangen hatte,

hatte er vornehmlich Spott geerntet. Nur seinem alten Schulfreund Gregor hatte er – war es in der Obertertia? – einen Blick auf seine Bibliothek gestattet, aber auch Gregor war verwundert, dass ein 15-jähriger sein Taschengeld für Robert Musil, Gogol oder gar Platon ausgab.

Grunertplatz. Er stieg aus, eilte an der gekachelten Wand entlang zur Rolltreppe, die ihn zu einem weiteren gekachelten Gang hochhievte. Die Fliesen waren mit Werbung unterbrochen. Galaxy Samsung. Ein Kaltgetränk. Ein Baumarkt warb mit einem Slogan, der Sebastians Sprachempfinden verletzte: „Respekt, wer's selber macht." Und schon sprang sein Sprachzentrum an. Musste es nicht heißen: „Respekt für denjenigen, der ..."

Entschuldigung. Er hatte mit seiner Umhängetasche einen älteren Herrn touchiert.

SECURA las er. Angekommen. *Erga kai Hämmerai*. Werke und Tage. Hesiod. Tagwerk. Arbeit.

3.
It's a thousand pages, give or take a few

Gregor am Telefon.

„Hast du schon mal darüber nachgedacht, deine Storys bei „We Print your Book" zu veröffentlichen? Kostet nichts. Du bestimmst den Verkaufspreis und ..."

„Ja, ich weiß. Aber mir wäre es lieber ...“

„Du kannst dir doch denken, dass die Verlage alle zu kämpfen haben. Netflix, Serien, Internet. Wer liest denn schon noch?“

„Ich.“

„Sebastian, deine Kurzgeschichten finde ich lesenswert. Aber sei doch realistisch ...“

„Ich habe *Die Fähre* nach Graz geschickt.“

„Was redest du da?“

„*Die Fähre*, eine Kurzgeschichte, in der ...“

„Warte, warte! Sebastian, warum Graz?“

„Die vergebenen Preise für Prosastücke.“

„Und du meinst ...“

„Es ist ein Versuch.“

„Schick mir die Geschichte. Ich würde sie gern lesen!“

Am Abend druckte Gregor die Kurzgeschichte aus und las:

Die Fähre

Dunkel schob sich der Fluss am Ufer vorbei, um nach wenigen Metern in die Tiefe der Nacht einzutauchen. Ein gegenüberliegendes Ufer war nicht zu erkennen. Oder doch? War das Dunkel noch der Fluss oder die Umrisse des anderen Ufers? Jedenfalls musste die Fähre bald kommen.

Der junge Mann sah nicht gut aus. Dem Manager, der schon eine geraume Weile am Fluss stand, waren sofort beim

Eintreffen des jungen Mannes Narben im Gesicht aufgefallen. Er selbst hatte seit Jahren in verantwortungsvoller Position die Geschicke von Hartmann&Söhne geleitet. Und sich nie geschont. Seine Familie hatte er wenig gesehen, doch immer gut für sie gesorgt. Als seine Tochter Isabella ihr Studium in Heidelberg aufnahm, war er da nicht persönlich zu den Immobilienmaklern gefahren? Ja, er hatte Isabella die Zweizimmerwohnung gekauft. Geschenkt.

Immer wieder betrachtete er die Narben des jungen Mannes. Trotz der Dunkelheit erkannte er, dass sie noch recht frisch waren. Sollte er fragen? Zu indiskret.

Der junge Mann kam ihm zuvor: „Wann ist die Fähre denn rüber?"

Der Manager sagte: „Das muss schon eine Weile her sein. Ich warte auch schon eine Zeitlang, dass sie zurückkommt."

Ein Priester, der etwas abseits stand, kam näher und nahm an dem beginnenden Gespräch teil: „Sie fährt regelmäßig. Ich habe sie zwar nicht gesehen, aber ich weiß, sie kommt regelmäßig."

Nun stellte sich der Manager vor: „Mein Name ist Andresen. Paul Andresen." Fast hätte er noch den Firmennamen hinterhergeschoben. Aber das war jetzt nicht wichtig. Langes Schweigen.

Der junge Mann beendete die Stille: „Ein wenig Warten macht doch nichts. Was bedeutet schon das Warten hier auf die Länge des Lebens."

„Sehr klug", warf der Priester ein, "warten wir nicht alle unser ganzes Leben auf irgendetwas?"

Eine junge Frau kam, wie aus dem Nichts, und schaute sich unsicher um. „Kommen Sie doch näher!", forderte der Priester sie auf, „wir warten gemeinsam auf die Fähre."

„Ich nehme an, Sie wollen auch rüber?"

Es war Andresen, der diese Worte sprach. Dann fragte er die junge Frau: „Haben Sie sich um die Fährzeiten gekümmert? Wir warten nämlich schon länger."

„Wir wollen alle hinüber", sagte der Priester, "kommen Sie. Gemeinsam wartet es sich leichter."

Jetzt erst, nachdem sie sich erneut lange umgeschaut hatte, sagte sie: „ Vielleicht ist das gar nicht die Anlegestelle."

Der Priester zeigte auf Spuren am Ufer. „Sehen Sie doch! Die sind ganz sicher von der Fähre! Wenn sie anlegt und die Leute aufnimmt."

Alle versuchten, in der Dunkelheit die Spuren zu erkennen, doch auch der junge Mann war skeptisch: „Das könnten auch andere Spuren sein. Vielleicht gibt es an anderen Stellen weitere Fähren. Ich heiße übrigens Niederhaus. Sven."

„Seiffert", stellte sich der Priester vor.

Alle schauten erwartungsvoll auf die sehr blasse junge Frau. Sie verstand sofort und nannte ihren Namen: „Katharina Rogoff."

„Es kommt mir wie eine Ewigkeit vor", rief Andresen, „was machen die nur so lange auf der anderen Seite? Und müsste man nicht etwas hören? Wenigstens dumpf?"

Es war Seiffert, der ihn belehrte: „Sehen Sie sich doch um. Die Dunkelheit, der Nebel. Das dämpft doch jedes Geräusch. Jetzt habt doch mal Vertrauen. Die Fähre kommt."

„Wo?" riefen Sven und Andresen fast gleichzeitig.

„Ich meine, sie wird kommen", korrigierte sich der Priester.

Nun machte Andresen einen Vorschlag: „Solange wir hier warten, könnten wir uns doch die Zeit mit Gesprächen vertreiben. Es kann ja vielleicht noch etwas dauern."

Katharina schien sich unwohl zu fühlen: „Warten, warten, warten. Ich habe mein ganzes Leben gewartet. Auf irgendetwas. Und auf irgendjemanden. Ich muss auf die andere Seite. Vielleicht ist es dort besser."

„Ganz sicher ist es dort besser"; sagte Seifert.

Andresen und Sven hatten sich auf einem morschen Baumstamm niedergelassen und auch Seifert suchte sich einen Platz. Nur Katharina zog es vor zu stehen.

Der Priester, bemüht, das Gespräch in Gang zu halten, sagte: „Jeder könnte doch etwas aus seinem Leben erzählen. Heiteres oder Ernstes. Egal. Wir sind ja jetzt so etwas wie eine Schicksalsgemeinschaft." Er schaute Sven an. „Herr Niederhaus, fangen Sie doch einfach an."

„Ich weiß nicht. Ja, okay. Ich liebe Autos und mit Freunden tune ich die."

„Tune?" fragte der Priester.

„Ja, wir optimieren Autos, machen sie schneller, verändern die Karosserie und so."

„Klingt nicht ungefährlich. Und Sie, Herr Andresen? Darf ich Paul sagen? Nennen Sie mich einfach Jakob," sagte der Priester. „Nun ja", begann Andresen, "ich habe mein Leben einer Firma gewidmet ..."

138

„Ich auch!", unterbrach ihn der Priester und lachte über seinen Scherz.

Andresen fuhr fort: „Ich habe zu wenig auf meine Familie und meine Gesundheit geachtet. Oft hatte ich dieses Stechen in der Brust."

Sven fragte nach: „Und jetzt? Spüren Sie das Stechen noch?"

„Überhaupt nicht. Merkwürdig."

Katharina kam näher. Nach kurzem Zögern setzte sie sich neben Sven auf den Baumstamm und hörte aufmerksam zu. Dann stockte das Gespräch eine Weile.

„War da was?", rief Sven, „die Fähre?"

„Ich glaube, wir sind falsch hier", sagte Andresen, „Herr Seif ... . Jakob, was meinen Sie?"

Jakob war stiller geworden. So lange warteten sie schon auf die Fähre. Er dachte an die langwierige Behandlung seines Magenkrebses. Die Chemotherapien. Er musste hinüber, auch wenn er noch lange warten müsste. Dort drüben warteten doch alle auf ihn.

Isabella war schon am Vortag aus Heidelberg angereist, trotz der anstehenden Klausur, als ihre Mutter sie angerufen hatte. Nun stand sie da und schaute in die Öffnung hinab. Sie warf die Rose auf den Sarg und entfernte sich langsam. Weinend.

4.

Papierrückenschreiber? Bald.

Der Brief war nicht sehr lang. Es war, Sebastian war sich sicher, der erste Brief, den er jemals aus Österreich erhalten hatte. Schon die Briefmarke ...

Er öffnete den Umschlag mit der Schere, die, als hätte sie nur auf einen solchen Augenblick gewartet, auf seinem Schreibtisch bereitlag.

Sebastian überflog das Schreiben:

" ... Dank für ... *Die Fähre* ... die Jury konnte sich nicht entscheiden, Sie ... allerdings hat ein Vertreter des Bisisthalverlags ... bekundet. Der Verlag ... interessiert ... zu veröffentlichen. Setzen Sie sich ...Verbindung. Wir denken ... Alles Gute und ... Erfolg."

Sebastian ließ den Brief sinken und schaute zur Decke. Er musste grinsen, weil er genau diese Haltung in Filmen gesehen hatte, wenn jemand über den Inhalt einer Nachricht grübelte. Ich werde ihnen *Life is a Kleinstadt-Blues* schicken, nein, lieber *Lukas 1, 2, 3, 4* oder noch besser *Jakobs Weg*.

Lautes Lachen drang an sein Ohr. Es war Sibylle, die sich vermutlich über eine Szene im Fernsehen amüsierte. Sollte er sie jetzt unterbrechen? Ihr den Brief zeigen? Er entschied sich dagegen.

5.

I'll be writing more in a week or two

Die Aufmachung seines ersten Buches hatte Sebastian gefallen: ein Januskopf auf dem Cover. Darunter der Titel: „*andererseits*". Was da zum Autor zu lesen war, fand er ein wenig gestelzt. Die Auflage war nicht sehr hoch, aber sie war in nur drei Wochen vergriffen.

„Ja, sehen Sie", hatte Frau Poeschl am Telefon gesagt, „ich habe da so meine Kontakte. Eine Freundin, die für den Deutschlandfunk arbeitet, schuldete mir noch einen Gefallen. Eine positive Besprechung - und schon mussten wir nachdrucken!"

Zum ersten Mal erhielt Sebastian Zahlungen, die er selbst mit seinem Schreiben generiert hatte. Und er erhielt E-Mails vom Bisisthal Verlag: „ ... Freuen uns ... erfolgreich ... mehr Kurzprosa ... im Stil von „*Büro*" oder „*Romea und Julio*" ... Sie persönlich kennen zu lernen ... laden Sie nach Klagenfurt ein ..."

.   ….   .

Sein Chef war überrascht, als Sebastian ihm seinen Urlaubsantrag vorlegte. „Wo wollen Sie denn im November hin?", fragte er Sebastian indiskret. „Aber eine Woche, das geht in Ordnung."

Der nächste Schritt. Sibylle. Lange hatte er verborgen halten können, dass er endlich gedruckt und offenbar auch gelesen wurde. Aber nach dem Überfliegen der Kontoauszüge hatte seine Frau ihn dann doch zur Rede gestellt.

„Ich wollte dich überraschen, Sibylle."

„Aber ... das ist doch toll!"

„Ich fahre in zwei Wochen runter!"

„Nach Bisisthal?"

„Nein, so heißt doch der Verlag. Ich fahre nach Klagenfurt."

„Vielleicht lasse ich mich beurlauben und fahre mit dir!"

Sebastian wand sich. Er spürte Widerwillen. „Nein! Das möchte ich nicht. Ich muss da alleine hin. Das verstehst du doch?"

Die beiden Wochen nutzte Sebastian, um noch intensiver zu schreiben, auch wenn es auf Kosten des Schlafs ging.

Die Euphorie hatte ihn so sehr beflügelt, dass Schlaf und Nahrungsaufnahme in den Hintergrund getreten waren. Unermüdlich gestaltete er, ja feilte er an *„Jakobs Weg"*, feilte an den Formulierungen, änderte die Dialoge und war mit dem Ergebnis sehr zufrieden.

Ja, diese Kurzgeschichte würde er Frau Poeschl in Klagenfurt persönlich überreichen:

Jakobs Weg

Eine Geschichte braucht eine Hauptfigur. Mit Ihrem Einverständnis nennen wir sie Jakob, männlich, 46, deutsch. Wir lassen ihn nach Nordspanien, genauer nach Santander fliegen. Von dort wird er einen Bus nehmen, der ihn über San Vicente nach etwa zwei Stunden nach Potes bringt. Welche Jahreszeit wählen wir? Ja, April ist angemessen, zumal seine persönliche Katastrophe dann genau einen Monat her ist.

Etwas kühl ist es, dafür wenig touristenträchtig, als er in Potes ankommt. Er nimmt sich ein Zimmer in einem preiswerten Hostal, obwohl seine finanziellen Verhältnisse durchaus etwas Teureres zugelassen hätten. Er genießt es für Augenblicke, über die Brücke zu gehen, die leeren Restaurants zu sehen, die in den Sommermonaten überfüllt sind. In einem dieser Restaurants nimmt er sein Abendessen ein. Natürlich holen ihn auch hier, vielleicht gerade hier, seine dunklen Gedanken ein.

Es ist nicht der Camino de Santiago, der ihn hierhin gezogen hatte. Es sind die mächtigen Gipfel der Picos de Europa. Aber sein eigentliches Ziel – und jetzt müssen Sie mir freie Hand lassen – ist das Kloster, das Monasterio Santo Toribio de Liébana, nur drei Kilometer oberhalb von Potes. Das Monasterio beherbergt und hütet seit Jahrhunderten die faszinierendste Reliquie der Christenheit, die größte noch erhaltene Kreuzesreliquie, eingefasst am Fuß eines goldenen Kreuzes. Auf sie hatte er es abgesehen.

Sind Sie einverstanden, wenn wir Jakob begleiten? Er sollte, das ist sicher auch Ihre Meinung, zu Fuß gehen. Für das, was er vorhat, wäre eine Taxifahrt zu profan.

Vorbei am Busbahnhof von Potes geht er auf die leicht ansteigende Straße, die nach Fuente Dé führt. Nach nur wenigen Minuten lassen wir Jakob die Straße überqueren. Schon von hier aus sieht er die Gebirgskämme der Picos. Wir gestalten das Wetter angenehm, sagen wir in diesen frühen Morgenstunden sind es gerade einmal 11 Grad. Es ist sonnig.

Der erste Wegweiser: Santo Toribio. Nun führt ein breiter Pfad parallel zur Landstraße stetig aufwärts, windet sich einige Male und endet an einer offensichtlich frisch asphaltierten Straße, an deren Rand sich ein grün gefärbter Fußgängerweg befindet. Jakob geht langsam. Die Gedanken sind wieder da. Keine Anzeichen eines Klosters. Weiter. Noch drei Biegungen. Ja, da liegt sie, die gewaltige Klosteranlage. Noch wenige hundert Meter. Niemand ist zu sehen. Sollte es Jakob vergönnt sein, den Kreuzgang, den Innenhof, die Kirche allein betreten zu dürfen? Nein. Dort, an der Puerta de Perdón, der Pforte der Vergebung, stehen zwei junge Männer und eine junge Frau. Die Jakobsmuschel an ihren Rucksäcken weisen sie eindeutig als Pilger aus, die den Abstecher des Jakobswegs zum heiligen Toribio genommen haben; vielleicht, ebenso wie unser Protagonist, von der Kreuzesreliquie angezogen.

Es sind Deutsche wie er. Soll er ihnen anbieten, sie durch die Anlage zu führen, mit der er sich seit Wochen beschäftigt hat, seit sein Leben diese Wendung genommen hatte? Er verwirft den Gedanken sofort.

Doch dann kommt einer der drei, etwa 24 Jahre alt, auf ihn zu und versucht sich in Spanisch: „Perdón, sabe usted, donde es?" Er dreht sich zu seinen Gefährten um: „Was heißt Karte?"

Jakob hilft ihm: „Mapa! Aber Sie können Deutsch mit mir sprechen."

Der junge Mann lacht. „Wir suchen die Abbildungen des San Beato, die Weltkarte, auf der ..."

„Kommen Sie ein Stück mit, ich zeige Ihnen den Eingang zum Innenhof. Dort finden Sie einige merkwürdige Darstellungen. Schauen Sie sich vor allem die Darstellung des Bergs Zion an. Verweilen Sie davor. Sie werden staunen."

Die beiden anderen jungen Leute waren nun dazugekommen und betrachteten Jakob mit einer Mischung aus Dankbarkeit und Skepsis.

Auf dem kurzen Weg zum Claustro stellte sich der erste vor: „Ich heiße Michael, wir wollen nach Santiago de Compostella."

Nachdem sich auch Claudia und Steffen vorgestellt hatten, nannte Jakob ihnen seinen Namen. Ein leichtes Lächeln war auf Claudias Gesicht zu erkennen und sie konnte es sich nicht verkneifen, von „Jakobs Weg" zu sprechen. Offenbar gefiel ihr das Wortspiel. Sie konnte nicht wissen, dass dies in der Tat Jakobs ganz besonderer Weg war.

„Sie wollen also auch nach Santiago?" fragte sie.

„Um Himmelswillen!", entfuhr es Jakob zum Erstaunen seiner neuen Begleiter."

„Und was ist so schlimm an unserem Ziel?", wollte Michael wissen.

Jakob wehrte sich nach Kräften gegen die Versuchung, einen längeren Monolog über den Jakobsweg zu halten. „Rummel" wäre darin vorgekommen, „untheologisches Getue" hätte er gesagt, „bar jeder Tiefe". Aber er schwieg, bat seine neuen Bekannten, ohne ihn die Bilder des San Beato zu betrachten. Er werde auf sie warten und – Jakob zeigte auf eine Steinbank – ihnen gern später Auskunft geben.

Dann ging er – wir sind schon länger zum Präteritum übergegangen, auch wenn Sie es vielleicht erst jetzt bemerken – allein in die Kirche, die auch jetzt noch menschenleer war, schritt zum Seitenschiff, das durch ein hohes Gitter versperrt war. Sein Blick fiel auf das Goldkreuz. Auf das Stück Holz am Fuß des Kreuzes.

Mit beiden Händen griff er die Gitterstäbe und rief, nein, schrie: „Eli, Eli – mein Gott, mein Gott – lema sabachtani – warum hast du mich verlassen?"

Die Worte hallten durch den Kirchenraum. Jakobs Versuch, an den Gitterstäben zu rütteln, scheiterte. Nichts bewegte sich, zu stark war der Widerstand. Er konnte nicht hindurchdringen. Selbst die eiserne Tür gab keinen Millimeter nach, obwohl er mit aller Kraft dagegentrat.

Er schaute durch die Stäbe. Wieder fiel sein Blick auf das Goldkreuz, das Pilger seit Jahrhunderten anbeteten. Jakob sank auf die Knie, ohne die Gitterstäbe loszulassen, Wieder versuchte er, an dem kalten Eisen zu rütteln. Wieder bewegte sich nichts.

„Ja, schweig nur." Tränen flossen über seine Wangen. Wie lange mag er dort verweilt haben? Er hörte Stimmen. Deutsch. Er erhob sich, wischte sich die Tränen aus dem Gesicht und verließ die Zisterzienserkirche.

Langsam schritt er auf die Steinbank zu, wo bereits die drei jungen Pilger Platz genommen hatten.

„*Fantastisch!*", *rief Steffen ihm entgegen,* „*die Bilder im Claustro!*"

Erstaunt sahen sie, wie Jakob sich im Schneidersitz vor ihnen auf dem Boden niederließ. Noch erstaunter waren sie, als er sprach: „*Gott verlangte allen Ernstes von Abraham, seinen einzigen Sohn zu opfern. Ein Gott der Gewalt und der Rache. Hiob hielt an ihm fest.*"

Jakob hielt inne. Die jungen Leute schauten sich ratlos an. Es war Claudia, die unter einem Vorwand zum Aufbruch mahnte. Sie verabschiedeten sich von Jakob. Er ließ sie ziehen.

Es ist Zeit, dachte er, ich muss zurück. Ich habe Ihm gesagt, was ich sagen musste. Er war natürlich stumm geblieben, stumm, wie vor einem Jahr, als die Diagnose, die man seiner Tochter stellte, ihn aus der Bahn geworfen hatte. Ich muss zurück, ich muss zum Sechswochenamt wieder in Deutschland sein. Bei ihr. Am Grab.

.　…　.

Warum er denn einen so späten Zug nehme, wollte seine Sibylle wissen, aber sie bestand nicht auf einer Antwort, da sein Verhalten seit seinen ersten Erfolgen immer merkwürdiger geworden war.

Immerhin hatte er nichts dagegen, dass sie ihn zum Bahnhof fuhr. Es lag ihr auf der Zunge zu sagen, dass er ja mitten in der Nacht in Salzburg ankommen würde, aber sie schluckte es herunter, als er auf der kurzen Fahrt die Worte „Kloster" und „Pforte der Vergebung" vor sich hin murmelte.

Sie schaute ihm nach, wie er, ohne sich noch einmal umzudrehen, in dem hell erleuchteten Tunnel verschwand, der ihn zur Treppe zum Bahnsteig 2 brachte.

Pünktlich um 18:04 Uhr fuhr der Regionalexpress ab.

Um 18:47 Uhr, mit nur 3 Minuten Verspätung, setzte sich der Intercity in Bewegung. Die Dunkelheit, die ihn schon seit fast zwei Stunden begleitete, schien das Abteil – Wagen 13, Platz 21 – nicht erfassen zu können. Wie sehr hätte er sich gewünscht, durch die Scheiben ins Dunkel schauen zu können. Stattdessen sah er sich selbst, nicht klar wie in einem Spiegel, aber doch klar genug, um seine Augen zu erkennen: Hellwach, fragend, ja staunend schauten sie ihn an. Er ging noch einmal seine Forderungen durch. Sollte er es wirklich Forderungen nennen? Kontakt zur Presse, TV Interviews. Er sah sich bereits auf einem roten – warum rot? – Sofa sitzen, ihm zur Rechten die Interviewerin, die professionell Fragen stellte, wobei die Kameras sie nicht im Geringsten zu stören schienen. Sebastian schloss die Augen. Er würde ruhig antworten, ja er würde auch Lächeln. „Den Titel *„andererseits"* habe ich gewählt, weil jeder meiner Texte in dieser Sammlung die Dinge, die Realität, aber auch altbekannte Mythen aus einer anderen Perspektive ..."

„Die Fahrausweise bitte!", drang es an sein Ohr. Sebastian sammelte sich, das Fernsehstudio entschwand und er griff nach seiner Fahrkarte, die der Zugbegleiter in irgendein Gerät einlas. Vorbei die Zeiten, als man Löcher in Pappkarten knipste. 23:12 Uhr, eine Minute hinter dem Plan erreichte der Intercity München Hauptbahnhof.

Er schulterte seine Umhängetasche, warf einen Blick auf den Fahrplan, um sich zu vergewissern, dass sein Anschlusszug nach Salzburg pünktlich war. Er verspürte weder Hunger noch Durst und außer von einer Wurstbude, vor der viele Menschen standen, schien der riesige Bahnhof nur von Lichtern, Gerüchen und Geräuschen zusammengehalten zu werden. Würde er noch existieren, wenn die Lichter erlöschen? Würde er gar einstürzen, wenn die Lichter erlöschen? Und wieder hatte seine Fantasie ihm den Stoff für eine Kurzgeschichte zugespielt.

Ein Buchladen fand sein Interesse. Natürlich schon geschlossen. Aber Sebastian blieb vor den riesigen Schaufenstern stehen. Er mustert das Angebot. „Bavaria", vermutlich als Neutrum Plural gedacht, bot Bildbände mit Wasser und Bergen. Unmittelbar daneben Kochbücher. Dann Lebenshilfe mit offensichtlich aus dem Amerikanischen übersetzten Titeln: *„Wie man Freunde gewinnt"* – *„Die fünf Tibeter"* – *„Gelassen durchs Leben"*. Sebastian schmunzelte.

Er suchte Literatur. Konnte es sein, dass Werke wie seine nicht angeboten wurden? Nicht einmal

Taschenbücher mit Inhalten, die im Fernsehen als „Herzkino" firmierten. Nun fiel sein Blick auf eine Abteilung des Schaufensters, die seiner Aufmerksamkeit zunächst entgangen waren: *Mord im Schlosshotel*, *Der Mörder kam um zwölf*, *Vier Morde und ein Trauerfall*.

Also doch! Zumindest erzählte Geschichten, aber warum Mord und Totschlag? Sind wir so abgestumpft, dass nur noch das Extreme unterhält? Wo sind die echten Geschichten? Sebastian entschloss sich, mit der Dame von Bisisthalverlag darüber zu reden. Doch dazu musste er zunächst nach Salzburg. 23:50 Uhr. Um 1:43 Uhr würde er Salzburg erreichen.

. … .

Der Wind war kalt, als Sebastian den Bahnhof verließ. Eine solche Stadt musst doch auch um diese Zeit noch atmen. Stille. Dann doch ein Taxi, das viel zu schnell fuhr.

Drei Stunden, so war sein Plan, würde er ziellos durch die Straßen laufen. Der Zug von Salzburg nach Klagenfurt ging erst um 6:12 Uhr.

Gegen 5:00 Uhr müsste doch der Bahnhof einer solchen Stadt wieder zum Leben erwachen. Immerhin funktionierten die Ampeln noch, als sei die Stadt nicht in tiefen Schlaf gesunken. Sebastian schaute zwar einem Automatismus folgend nach links und rechts, wartete aber mit voller Absicht auf

Rot. Dann erst überquerte er die Straße, die sich Rainerstraße nannte. Wer war dieser Rainer?

Zum Bahnhof zurück! Dort würde er einen Stadtplan finden. Vielleicht sollte er doch nicht ziellos umherstreifen. Getreidegasse! Mozarthaus! Das wollte er sehen. Ohne Touristen. Nur er allein. Aber wie sollte er dorthin kommen? Er fand es beruhigend, zwei Polizisten zu sehen, die im Bahnhof ihren Dienst versahen. Sollte er sich die Blöße geben, sie nach Mozarts Geburtshaus zu fragen. Jetzt? Um 2:26 Uhr? Nein.

Er fand einen halberleuchteten Stadtplan und suchte in der Liste nach der Getreidegasse. Da: H5. Eine ziemliche Strecke, im Dunkel, mitten in der Novembernacht.

Sibylle hatte ihm mehrmals gezeigt, wie das Handy-Navi benutzt wird und dass man auf dem Display seinen Weg finden kann. Er weigerte sich, es zu benutzen und ging los. Aufs Geratewohl. Und wieder ein Fahrzeug der Stadtreinigung. Der Gedanke, dass diese in hell orange gekleideten Männer nachts arbeiteten, lenkte ihn von dem aufkommenden Hungergefühl ab. Ob sie jede Nacht arbeiten? Bei jedem Wetter?

Er ging weiter. Links? Ja, zunächst ein gutes Stück links. Nein, er musste über die Salzach, dann links. Nach einer halben Stunde fand er eine Reihe von Bänken. Leer. Natürlich. Er setzte sich. Vor einem Jahr noch hätte er sich jetzt eine Zigarette gedreht, den Qualm genüsslich inhaliert und durch die Qualmwolken den Fluss betrachtet, der träge und dunkel dahinfloss. Ob er immer so wenig Wasser führt?

Sebastian schaute auf das gegenüberliegende Ufer. Es war gut zu erkennen, das Gelb der Straßenlaternen gab Orientierung. Hätten die armen Seelen der Fähre doch wenigstens das gelbe Licht als Orientierung gehabt. So mussten sie weiter hoffen. Er war hier. Sebastian fühlte sich sehr lebendig. Die Kälte tat ihr Übriges. Starb Mozart nicht sehr jung? Die Kälte kroch an ihm hoch. Wie lange mochte er schon auf dieser Bank sitzen? Jetzt hörte er Autos, mehr als vor einer Stunde. Er sah die Scheinwerferkegel auf der anderen Seite. Die Getreidegasse würde er nicht finden, soviel stand für ihn fest. Und Mozart war tot.

Zum Bahnhof zurück? 4:12 Uhr. Hätte Sebastian gewusst, dass er nur wenige Schritte von der Getreidegasse entfernt war, hätte er zweifellos das Mozarthaus aufgesucht. So ging er über eine Brücke vom Rudolfskai hinüber zum Giselakai. Gisela – Kai. Gise – Lakai. Und erreichte, wie auch immer, die Rainerstraße, wieder die Rainerstraße, die zum Bahnhof führte.

Es war noch nicht ganz 5:00 Uhr, doch der Bahnhof war in Bewegung. Auch die beiden Polizisten erkannte er wieder. Ein Kiosk, der hier interessanterweise Trafik hieß – Menschenhandel? –, öffnete gerade. Sollte er außer der Zeitung noch ...? Er schaute sich um, als habe er Angst, entdeckt zu werden, als er das Päckchen aufriss. Er roch an dem feingeschnittenen Tabak, nahm vorsichtig ein Blättchen des dünnen Zigarettenpapiers, füllte es mit Tabak und leckte behutsam an der Klebekante. Er hatte es nicht verlernt. Fertig. Die Zigarette war gelungen, nicht zu fest, nicht zu locker.

Er musste zum Trafik zurück, da er natürlich kein Feuer hatte. Streichhölzer? Nein, er richtete sich offenbar auf längere Rauchzeiten ein. Auf dem Bahnsteig würde er rauchen, am hinteren Ende. Und wenn er eine Sitzbank fände, wäre der Morgen perfekt.

Der Stromkasten würde es auch tun. Er setzte seine Umhängetasche ab, griff nach dem frisch erworbenen Feuerzeug. Anzünden, inhalieren, genießen. Unbequem dieser Stromkasten. Dennoch. Sebastian spürte, wie sein Körper reagierte. Leichte Übelkeit, doch dann Genuss. Er hörte dem metallenen Lärmen der ein- und ausfahrenden Züge zu.

Diese Menschen dort drüben hatten geschlafen, wenn auch nicht lange, vermutete er. Ein wenig erinnerten ihn die Gesichter an Zombies, still gestellte Zombies. Die Bahnhofsuhren zeigten ihm an, dass sein Klagenfurt-Zug in etwa 20 Minuten abfahren würde. Zeit also für eine weitere Zigarette. Und dann las er ÖBB auf der einfahrenden Lok. Sein Zug. Der Schriftsteller Sebastian Heuger – das musste die Welt doch wissen – war auf dem Weg zu seinem, ja seinem Verlag.

Sebastian nahm in einem fast leeren Abteil Platz, streckte die Beine aus, nahm Manuskripte aus seiner Umhängetasche, schob *Jakobs Weg* unter die anderen Blätter und las noch einmal *Die Fähre*.

. … .

In Klagenfurt nahm Sebastian ein Taxi und erreichte den Bisisthalverlag gegen 10:00 Uhr. Er war ein wenig irritiert, als er sah, dass der Verlag offensichtlich nur aus einem einzigen Büro im ersten Stock eines unspektakuläreren Gebäudes bestand. Hat er sich wirklich vorgestellt, in einem Komplex wie den eines Versicherungsunternehmens zu kommen, SECURA, mit Rezeption, Bürofluchten und Kantine?

„Mein Name ist Heuger", sagte er fast entschuldigend, „ich habe einen Termin mit Frau Poeschl."

Ohne ein Wort erhob sich die Angesprochene, ging ans Ende des Büros und klopfte an eine Glastür. Also doch noch ein weiterer Raum, dachte Sebastian beruhigt. Eine Frau von etwa 45 Jahren kam durch die Glastür, strich sich den Rock glatt und kam auf Sebastian zu.

„Willkommen, Herr Heuger. Haben Sie in Klagenfurt übernachtet?"

Überrascht, ja übertölpelt, log Sebastian: „Nein, ich habe die Nacht in Salzburg verbracht. Dann habe ich den ersten Zug genommen."

„Bitte kommen Sie mit. Mögen Sie einen Kaffee?"

„Gern, vielen Dank."

In ihrem Büro drückte Frau Poeschl auf einen Knopf an ihrem Telefon: „Bittschön, zwei Braune, Melanie. Und bitte, nehmen's Platz, Herr Heuger!"

Sie zeigte auf zwei bequeme Sessel, die an einem offensichtlich teuren Glastisch standen. Er wählte den Sessel, der mit dem Rücken zum Fenster stand. Helligkeit konnte er jetzt nicht ertragen.

Plötzlich wurde Sebastian bewusst, dass er seit dem Vortag nichts mehr gegessen hatte. Die neu entdeckten Zigaretten hatten wohl den Hunger genommen.

Frau Poeschl nahm auf dem anderen Sessel Platz und sah ihn länger als die Höflichkeit erlaubte an. Dann sagte sie: „Das ist also unser neuer Mann."

„Enttäuscht?", fragte Sebastian keck.

"Keineswegs!", gab sie zurück, „aber es ist schon ungewöhnlich und auch für uns neu, jemanden zu verlegen, den wir nie gesehen haben."

Jemanden verlegen ... verlegen und das Verlorene wieder suchen? ... verlegen, peinlich berührt?

„Nun", fuhr Frau Poeschl fort, „es gab eine Reihe von Anfragen. Haben Sie übrigens einen Manager, Herr Heuger?"

„Manager?"

„Wenn Sie der Begriff stört, sagen wir lieber Agent, Literaturagent. Wenn Sie jemanden haben, dann brauchen wir seine Daten und kontaktieren Sie über ihn wegen Lesungen, Interviews, Fernsehen."

Wenn das Geschäft nun einmal so läuft, müsste er mitmachen. Aber vielleicht sollte er besser vorher Gregor fragen.

„Gregor Rehlinger wird Sie kontaktieren, Frau Poeschl", sagte Sebastian, „er erledigt dann die Termine für mich. Er ist übrigens Jurist."

Frau Poeschl gab sich damit zufrieden. Der Kaffee kam. Melanie, so hieß sie doch, setzte ein silbernes Tablett auf den Glastisch und verschwand wortlos, nachdem Sebastian ihr zugelächelt hatte.

„Wir haben mit *„andererseits"* einen Nerv getroffen", fuhr Frau Poeschl fort, „die Leute lesen gern diese kurzen Sachen. Die Odysseus-Geschichte ist eigentlich schon zu lang für unser Publikum."

Gerade mit den Tagebüchern des Odysseus hatte Sebastian sich unglaublich viel Mühe gegeben. Kollegen seiner Frau hatten sie sogar im Deutschunterricht lesen lassen. Dann plötzlich änderte Frau Poeschl die Tonlage: „Ich weiß, man kann Schriftstellern schlecht Vorgaben machen, aber könnten sie nicht Geschichten mit," hier stockte sie kurz und – Anakoluth? – setzte neu an, „Sie wissen, dass Rechtsradikalismus zur Zeit das beherrschende Thema ist, hier in Österreich, aber vor allem bei Ihnen in Deutschland. Vielleicht könnten Sie eine Storys, in denen Rechtsradikalismus ..."

Sebastian hatte – Müdigkeit? Hunger? – nicht mehr aufmerksam zugehört, fand aber die Energie, das Ansinnen der Verlagschefin zu überdenken. Sind seine Geschichten nicht aktuell genug? Sie sind doch zeitlos, universell gültig. Musste er wirklich ... ?

„Eine interessante Idee", log er, „ich habe auch schon etwas in dieser Richtung als Manuskript", log er weiter. Das Gespräch dauerte noch eine Viertelstunde. Sebastians Konzentration hatte trotz des Kaffees sehr stark nachgelassen. „Können wir uns morgen Nachmittag noch einmal sehen?", fragte Frau Poeschl. „Sie wollen doch sicher noch ein paar Tage in unserem Land bleiben."

„Ich habe zwar noch kein Hotel, aber ..."

„Kein Problem!", sie drückte wieder den Kaffeeknopf, der sie mit Melanie verband, „rufen's bitte im „Prinzen" an und buchen ein Zimmer für Herrn Heuger. Für drei Nächte."

Frau Poeschl bestimmte also über seine Zeit.

.   ...   .

Auf dem Weg zum Hotel „Prinzen", das nur drei Straßen vom Verlag entfernt lag, klingelte sein Handy. Umständlich nahm er seine Umhängetasche ab, schlug die lederne Abdeckung zurück, öffnete den Reißverschluss und suchte zwischen seinen Manuskripten und zwei Taschenbücher von Tabucchi nach dem störenden Klingeln. Es war Sibylle.

„Hast du dein Handy wieder versteckt?", fragte sie.

Ohne darauf einzugehen, rief er, als wolle er die Distanz durch Lautstärke überbrücken, ihren Namen in das Gerät: „Sibylle!"

„Und? Wie läuft's?", fragte sie.

„Gut. Gut. Und bei dir?"

„Auch. Ein bisschen Novemberblues. Ich hätte dich nicht in Salzburg gestört ..."

„Klagenfurt!"

„Ja, richtig. Ein Verlag hat mehrmals angerufen. Ganzer-Verlag oder so. Ich gebe dir die Nummer. Hast du was zu schreiben?"

„Nein, ich stehe auf der Straße."

„Dann schicke ich sie dir per SMS."

„Ja, gut. Danke. War sonst noch etwas?"

Kurzes Schweigen am anderen Ende, dann hatte sie aufgelegt. Sagt man eigentlich noch aufgelegt, wenn man doch nur den roten Fleck berührt?

Ein Ping-Ton erklang. 089. Die Münchener Vorwahl. Natürlich hatte Sebastian seit Tagen sein Mobiltelefon nicht aufgeladen. Er würde also warten, bis er im „Prinzen" sein Zimmer bezogen hätte und das Telefon am Bett benutzen könnte.

6.
If you really like it you can have the rights

„Meyering. Ganzer-Verlag." Meyrink? Der mit dem Auffahrunfall? Zufall.

„Heuger. Sie hatten versucht, mich zu erreichen?"

„Heuger. Sebastian Heuger. Ja, natürlich. Wir haben großes Interesse an Ihren Texten."

„Danke, aber ich habe schon einen Verlag und ..."

„Natürlich. Das ist uns bewusst, aber wir machen Ihnen ein exklusives Angebot. Ihr bisheriger Verlag wird das in dieser Höhe nicht können."

Dieser Mann spricht schon von meinem bisherigen Verlag. Abgesehen von der merkwürdigen Wahl des Adjektivs sträubte sich Sebastian.

„Das können wir aber besser persönlich hier im Verlag besprechen", fuhr Meyering fort.

„Ich weiß nicht, ob ich ..."

„Es geht auch um Filmrechte. Übersetzungen in andere Sprachen. Sie werden zufrieden sein."

Sebastian stockte. Sein Traum?

„Lassen Sie mir ein paar Tage Bedenkzeit, Herr Meyrink."

„Meyering!"

„Entschuldigung. Ich melde mich übermorgen."

Sebastian legte auf.

Ja, hier wurde noch aufgelegt. Das Telefon in seinem Hotelzimmer sagte ihm mehr zu als die kalten, flachen Mobiltelefone. Und sein Handy würde er sowieso nicht aufladen können, da sein Ladekabel zu Hause lag. Filmrechte? *Die Fähre* als experimenteller Kurzfilm? Oder die Odysseus-Tagebücher? Er stellte sich vor, wie sein Buch in italienischen Buchläden läge: *L'altra parte* ... „andererseits".

Am späten Nachmittag wurde er wach. Jetzt erst wurde Sebastian aufgrund einer leichten Übelkeit bewusst, dass er immer noch nichts gegessen hatte. Ganz in der Nähe seines Hotels hatte er auf dem Hinweg eine Gaststätte gesehen. Er wusch sich das Gesicht. Für die wenigen Schritte zum Lokal würde er keinen Mantel brauchen. Er griff in seine Umhängetasche, nahm einen dünnen Band heraus. Antonio Tabucchi, *Der Rand des Horizonts*.

.   · · ·   .

Das Bier war größer, als er es aus seiner Heimat gewohnt war. Er nahm einen kräftigen Schluck. Stand da tatsächlich ein Aschenbecher auf seinem Tisch? Österreich! Felix Austria! Natürlich würde er nach der Suppe eine Zigarette drehen.

Er nahm den Tabucchi aus der Tasche seines Jakketts. *Erklärt Pereira* hatte ihm sehr gut gefallen. Er hatte Tabucchi für die Schlichtheit seiner Sprache bewundert. Schon oft hatte er sich vorgenommen, *Erklärt Pereira* im Original zu lesen. Sebastians Italienisch war mittlerweile besser als sein Französisch, Spanisch oder Kroatisch. Er war mit vier Mitschülern in der Italienisch-AG von Herrn, hieß er Papenzien? Ja, solche Namen vergisst man auch nach 20 Jahren nicht.

Er öffnete das dünne Büchlein vorsichtig. Wer war denn dieser Vladimir Jankelevitch, dessen Zeilen ihm entgegensprangen:

Das Gewesen-sein gehört in gewisser Weise einer „dritten Gattung" an, die sich vom Sein wie vom Nicht-Sein radikal unterscheidet.

„Die Suppe, der Herr".

Die Suppe – der Herr? Das Salz – der Herr. Der Löffel – der Herr.

„Vielen Dank."

Sie war heiß und äußerst schmackhaft. Gewesen-Sein. Sein. Nicht-Sein. Sebastian schob den leeren Teller zur Seite, um Platz für seinen Drehtabak zu schaffen. Langsam. Nicht zu fest.

Genussvoll zog er an seinem gelungenen Werk und las die ersten Zeilen von Tabucchi. Tabacco e Tabucchi. Ideale Kombination.

Da durchfuhr ihn ein Gedanke. „Etwas mit Rechtsradikalen schreiben" – das waren doch Frau Poeschls Worte. Er winkte den Kellner heran, bat um Papier und ... nein, einen Stift hatte er im Jackett. SECURA – Versicherung nach Maß. Ein wenig irritiert brachte ihm der Kellner ein kleines Papierblöckchen, von denen es vermutlich hunderte in diesem Lokal gab. Sebastian war völlig entgangen, dass der Kellner den Suppenteller bereits mitgenommen hatte.

Ein Titel musste her. Der Zeitgeist spukte um ihn herum. Radi-Kalle? Ein Kalle, der zu den Rechten übergelaufen war und in München lebt? Zeitgeist. Oder Freie Radikale. Zeitgeist. Freya radicale. Germanischer Name, Wortspiel. Super. Und eine Frau. Zeitgeist.

Der Schweinebraten unterbrach Sebastians Titelsuche. Köstlich. Wie wäre ein militärischer Anklang? Die Au-gen ...rrrechts!!! Das war's. Das klingt. Jeder, der „gedient" hatte, würde über den Titel stolpern. Sebastian hatte eine diebische Freude daran, die beiden Kommandos absichtlich zu verwechseln. Denn „Die Augen ..." signalisierte auch dem dümmsten Gefreiten, dass die Augen gleich nach links gehen werden. Das „Die" vor den Augen war ja schon der Hinweis, dass gleich „links" kommen würde, während, wenn die Augen nach rechts gehen sollten, der Kommandierende mit „Au-gen" beginnen würde. „Au-gen ... rechts" und jeder wusste schon beim ersten Wort Bescheid. Schließlich wurde dies in stundenlangen Trainingseinheiten eingebleut.

Diese kleine Gemeinheit ließ Sebastian bewusst stehen, er wollte seinen Verleger und die Literaturfritzen auf die Probe stellen, aber er war sich sicher, sie würden es nicht bemerken.

7.

It's a dirty story of a dirty man

Herr Meyering saß in einem komfortableren Büro als seine „bisherige" Verlegerin Frau Poeschl. Dies war bereits der sechste Besuch im Ganzer-Verlag in München.

Sebastian hatte sich daran gewöhnt, im „Vier Jahreszeiten" zu nächtigen. Sein Roman *Die Au-gen …rrrechts!!!* hatte sich so gut verkauft, dass Meyering ihm jeden Wunsch erfüllte, auch solche, die Sebastian selbst gar nicht hatte.

In Leipzig war er im April in einem Hotel abgestiegen, dessen Name er vergessen hatte. Leipzig war schön. Leider war er nur für eine Nacht dort gewesen. Die Nacht nach dem Abend, an dem Sebastian unter tosendem Applaus den Literaturpreis der Innenminister der Bundesrepublik entgegengenommen hatte.

Was sollte er nun noch mit seiner Kurzprosa anfangen? Unermüdlich hatte er Texte geschrieben, in denen Menschen auf reale Menschen treffen, Paare, die ihre Probleme haben, sie aber nicht lösen können. Und er hatte natürlich seine Lieblingsthemen bearbeitet: Biblische Geschichten, die völlig anders enden, als die Bibel sie vorgibt. Sollte er Meyering bitten, diese kurzen Werke zu veröffentlichen? Seine Haikus wie zum Beispiel diese:

Patrick kniet vor dem Altar.
Irland bleibt.

Der Lüneburger Heide
Ist endlich Christ geworden.

Sokrates sieht die Welt. Die Welt wie sie ist.
Er geht in die Höhle zurück.
Er lässt sich fixieren.

Seit seiner Trennung von Sibylle – „Lass uns gute Freunde bleiben" ... gähn – hatte er zwei weitere Romane fertiggestellt. Das Team um Meyering – literarischer Auffahrunfall? – hatte ihm nahegelegt, einen Klimaroman zu schreiben. Sie hatten allen Ernstes von „Klimaroman" gesprochen. Sebastians Bedenken wurden mit einem erheblichen Vorschuss-Honorar besänftigt.

In zwei Wochen würde *Prima Klima in Lima* herauskommen. Meyerings Assistentin, Frau Gottlieb-Enzen, war so begeistert von der „sarkastischen Herangehensweise an so ein ernstes Thema", dass sie Sebastian prognostizierte, er werde „ohne Frage" den Preis des Umweltministeriums bekommen.

Und erst der Roman über die katholischen Würdenträger, für die übernächste Buchmesse terminiert, würde „einschlagen wie eine Bombe". Seine Assistentin war sich da ganz sicher.

Sebastian hatte dem Ganzer-Verlag zuliebe seine Sprache verändert. Zugunsten einer humorvollen, ja gelegentlich zynischen Sprachgebung. Er hatte gezögert, da ihm Meyerings Vorschlag, den Priesterroman *„Paps? – Papst!"* zu nennen, einfach zu albern klang. Doch die Verlagsredaktion votierte einstimmig für diesen Titel. Er blieb.

Die italienische Presse lobte *„Papá? – Pápa!"* in den höchsten Tönen. Für die italienische Ausgabe hatten einige Passagen gesäubert werden müssen, was Sebastian wenig Mühe bereitete. In der Talkshow bei Raidue glänzte er mit seinen Italienischkenntnissen.

Außer der Tatsache, dass er immer wieder vom Interviewer mit „Signor Oiga" angesprochen wurde, genoss er seinen Fernsehauftritt. Nur eine Frage des Interviews hatte ihn ins Grübeln gebracht. Die Frage, ob er seine Literatur ernst nehme. Sebastian Heuger, hier Signor Oiga, wollte spontan mit „Ma certo'" antworten, hielt es aber für angebracht, eine Antwort zu geben, die ihm zumindest einen Rest seiner früheren Authentizität ließ. Er sagte zum Erstaunen des Fragenden: „Mi piacciono di più altre forme di letteratura." Wo waren sie, die anderen Formen der Literatur, die ihm mehr zusagten? Seine Kurzprosa, Seine Haiku-Gedichte? Seine wahre Leidenschaft.

Natürlich hatte er den Preis erhalten, den natürlich war man im Umweltministerium begeistert, dass ein so anerkannter Schriftsteller in seinem Werk die Arbeit des Ministers als „wegweisend" und „zukunftsorientiert" bezeichnet hatte. Und niemand hatte bemerkt, dass Sebastian Heuger während der Laudatio des Ministers unentwegt auf das kleine Kreuz über der Tür schaute und tief in seinen eigenen Gedanken versunken war. Er dachte an seinen Versuch *Vereins-Heim*:

Vereins-Heim. Etwas später

Der alte Mann geht langsam. Erinnert sich. Hier stand das Vereinsheim. Er grübelte: Verein und Heim. Man traf sich zum Feiern. Man trank. Likör die Frauen. Pils und Wacholder die Männer.

Hinter der Eingangstür ein schwerer Vorhang, dick wie drei Pferdedecken, an den Rändern mit kräftigem schwarzen Leder gesäumt. Erst wenn man diesen Vorhang – Windfang? – Schleuse?, der die eine Welt von der anderen trennte, zur Seite geschoben hatte, betrat man den Schankraum.

Da saßen sie stets an Wochentagen, die Grubenarbeiter, ihre Kehlen rau, ihre Gesichter und Hände nicht ganz sauber, denn auch Kernseife hatte es nicht vermocht, den kleinen, feinen Kohlenstaub zu entfernen. Ihre Gesichter zeigten schon damals die Sorge um das Sterben ihrer Grube und ihrer Brikettfabrik.

Und da saß Tandoris Doof. Er war nicht „doof", sondern „taub", was im rheinischen Dialekt dasselbe bedeutete. Tandori war eben taub und nicht stumm. Wenn er, sagen wir

„sprach", klang die Bestellung wie „No ai Biea". Als junger Mann hatte der Alte das erheiternd gefunden und er erinnerte sich, wie oft Tandoris Doof nachgeäfft wurde.

Aber Tandori hatte eine Fähigkeit, die die einen lustig, die andern geheimnisvoll fanden. Auch wenn er völlig taub war, spürte er, fühlte er, selbst wenn er den andern mit dem Rükken zugewandt an der Theke saß, wenn man über ihn sprach. Dann pflegte er sich umzudrehen und mit dem Zeigefinger der rechten Hand hin und her zu wedeln, als Warnung, Drohung. Sofort verstummte jedes Gespräch.

Der Alte setzte seinen Weg fort. Dort, ja genau dort war die Unterführung, über die das Horremer Bähnchen fuhr, das die Arbeiter aus Köttingen, Kierdorf, Türnich zu den Fabriken und Kohlegruben brachte. Warum hat man sie abgerissen? War wohl baufällig. Der Alte zerlegte das Wort in seine Bestandteile: bau – fällig. Baufällig. Merkwürdiges Wort.

Das wollte er schreiben. Das war Sebastian Heuger. Das muss ich veröffentlichen, sagte er sich. Sein Entschluss stand fest.

. … .

Sein neues Heim, das Haus am Starnberger See, lag noch im Morgennebel. Wann würde sein Freund Gregor eintreffen?

Sebastian hatte nicht gefragt, ob er mit dem Zug oder mit dem Auto kommen wollte. Drei Jahre waren eine lange Zeit.

Er griff nach der Fernbedienung. Oft hatte er sich schon gefragt, ob es seine Eitelkeit war oder einfach die Tatsache, dass Cockney Rebels Song *Sebastian* ein fantastisch durchkomponiertes Werk war. Es war jedenfalls sein Lieblingssong, noch vor *Paperback Writer* von den Beatles. Er drückte die Playtaste. Langes Vorspiel. Er nahm auf dem Ledersessel Platz und schaute auf den See. Jetzt würde Steve Harley beginnen:

Radiate simply, the candle is burning so low for me
Generate me limply, can't seem to place your name, cherie
To rearrange all these thoughts in a moment is suicide
Come to a strange place, we'll talk over old times we never
smile – Somebody called me Sebastian...

Unbeeindruckt unterbrach die Türklingel den Song, seinen Song. Er hatte völlig vergessen, dass seine – so hatte Meyering sie genannt – „Zugehfrau" kam. Svetlana hatte einen Hausschlüssel, hielt sich aber an die Abmachung, dass sie klingelte, falls sein BMW in der Auffahrt stand. Trotz der Größe seines Anwesens hatte nur ein Kraftfahrzeug in der Garage Platz und der war seinem Lieblingsauto vorbehalten, seiner 1961er Borgward Isabella vorbehalten.

Er schaltete den CD-Player aus, öffnete die Tür, ließ Svetlana herein und zog sich in sein Arbeitszimmer im ersten Stock zurück. Die nächsten Zeilen des Songs sang er selber vor sich hin:

Work out a rhyme, toss the time, lay me, you're mine
And we all know, oh yeah!
Your Persian eyes sparkle, your lips, ruby blue, never speak
a sound…

Es war kurz nach zwölf, als Gregor Rehlingers Golf vorfuhr. Sebastian sah von oben, wie sein Schulfreund ausstieg, das Haus musterte, über den Kiesweg zur Treppe ging und klingelte.

Sebastian rief Svetlana, dass er selbst öffnen werde.

Einen Augenblick verweilte er noch. Wie sollte er Gregor begrüßen? Seine Fernsehauftritte, bei denen jede Bewegung abgesprochen und einstudiert wurde, halfen ihm nicht weiter. Umarmen? Nach über drei Jahren?

Er öffnete. Gregor schaute ihn fragend an. Statt eines Handschlags sagte Sebastian nur: „Komm rein! Schön, dass du da bist."

Wortlos folgte Gregor ihm ins Wohnzimmer, warf einen Blick auf den See und setzte sich auf die gelbe – gelbe! – Couch.

Sebastian wollte Svetlana „Zwei Braune!" zurufen, änderte es aber noch zu „Zwei Kaffee, bitte!", ohne seinen Besucher gefragt zu haben.

„Drei Jahre! Wie geht es dir, Gregor?"

„Ich bin zufrieden. Die Kinder sind aus dem Haus und Susanne arbeitet jetzt nur noch halbtags."

„Wie alt sind Sven und …"

„Jana."

„Richtig."

„Sven ist 28, Jana wird 25. Sie studiert in Heidelberg."

„Oh."

„Du hast Erfolg, Sebastian."

„Ja, hab ich. Hat auch lange gedauert."

„Ich habe alles von dir gelesen, auch die Verfilmung von deinem *Und verflucht seine Kunst* habe ich gesehen."

„Schön."

„Aber ... du hast dich verändert. Ich meine jetzt nicht deine Luxus-Hütte hier."

„Verändern wir uns nicht alle mit der Zeit?"

Sebastian spürte, welche Belanglosigkeit er da von sich gegeben hatte.

„Sag mal, Sebastian, stehst du eigentlich hinter deinen ... Werken? Du selbst, meine ich."

Sebastian wollte „ma certo!" sagen. Stattdessen sagte er: „Du weißt, dass mir all die Auszeichnungen und Preise nichts bedeuten."

„Weiß ich das, Sebastian?"

„Du kennst meine früheren Texte. Und du mochtest sie. Jedenfalls die meisten davon."

„Aber dieses *Prima Klima in Lima*, also da habe ich Zweifel, ob du wirklich ..."

„Na ja, das ist nicht falsch. Das sind halt in gewissem Sinne Auftragsarbeiten. Auch Michelangelo hat ja ...“

„Michelangelo!“

„Ja, ich meine, klar, die wissen doch, was sich verkauft. Und ich wollte ein Polster, auf dem ich dann ... von dem aus ich ... meine eigentlichen Texte ...“

„Und die waren gut. Verdammt gut.“

„Danke, Gregor. Ich weiß, was du meinst, aber du kennst das Literaturgeschäft nicht ...“

Svetlana setzte den Kaffee ab und verschwand wortlos.

„Immer noch schwarz?“

„Ja.“

Beide nahmen einen Schluck des dampfenden Kaffees.

„Ja, da magst du Recht haben. Das Literaturgeschäft. Aber ich kann immer noch Schrott von Literatur unterscheiden, lieber Sebastian.“

„Sei nicht so streng, das steht dir nicht. Schau dich um. Und überleg mal, was der Schrott mir eingebracht hat.“

„Ich erkenne dich nicht wieder in den Romanen. *Der stumme Gast* versprach eigentlich im Titel den alten Sebastian Heuger, aber dann hatte ich das Gefühl, mit diesem Roman über Behinderung sollte wieder eine Zielgruppe abgeschöpft werden. *Konzert des Grauens* kannst du nur betrunken geschrieben haben, falls du so etwas überhaupt noch selbst schreibst. Schon *Die Au-gen...rrrechts!!!* kam mir merkwürdig vor. Erinnerst du dich nicht mehr? Du warst es doch, der Angst vor den Flüchtlingen aus dem Orient hatte! Gut, du warst irgendwie nicht so total fremdenfeindlich, du kanntest ja viele Fremde und hast bestimmt noch viele Freunde aus den verschiedensten Ländern. Und trotzdem: Ich erinnere mich genau, wie du gegen den Islam gewettert hast. Wie hast du immer gesagt? Ich habe Angst, dass Theodor Fontane, Clemens Brentano, Stefan Zweig und all die anderen nicht mehr vorkommen in der Schule ...“

„Immerhin hältst du mich nicht für einen Nazi. Und du glaubst wirklich, ich stünde nicht hinter dem, was ich schreibe?“

„Schreibst du überhaupt noch andere Texte als diese ... Auftragsarbeiten?“

„Ja, immer noch. Und immer wieder.“

„Dann schick die doch mal an deinen tollen Ganzer-Verlag. Unter einem Pseudonym natürlich. Nicht als der große Sebastian Heuger. Und du kannst meine Adresse benutzen. Ich schick dir die Post dann nach.“

8.

Come inside, see my mind in kaleidoscope (Cockney Rebel)

Sebastian Heuger, Bestsellerautor, stand auf dem Plakat. Er hatte soeben die SECURA betreten. Ein Empfangskomitee, angeführt vom Generaldirektor, Dr. Leismann, begrüßte den „ehemaligen, sehr geschätzten Mitarbeiter", führte ihn in den Vortragsraum, der Sebastian noch von Schulungen vertraut war: Gestaffelte Gliedertaxe, LV, Autoversicherungen.

Seine Lesung begann pünktlich um 20:00 Uhr. Es war Wilfried, der Sebastian lächelnd einen Kaffee brachte. Sebastian lächelte zurück und fragte: „Wann reden wir über die Bundesligaergebnisse?"

Das Ganze sollte nur etwa 90 Minuten dauern, doch wegen der „Fragen aus dem Publikum" endete die Veranstaltung erst gegen 22:30 Uhr.

Dr. Leismann dankte Sebastian dafür, dass „unser Herr Heuger" sich „bereit erklärt" hatte, an „seiner alten Wirkungsstätte in seiner Heimatstadt kostenlos ..."

Dieser Dank klang Sebastian noch in den Ohren, als er seine Spaghetti bei Salvatore aß. Salvatore hatte ihn zunächst nicht erkannt. Vielleicht erkannte er ihn nur daran, dass er wie zu SECURA-Zeiten Apfelschorle zu den Spaghetti bestellte.

Am nächsten Tag würde Sebastian die drei Kilometer bis zu Gregor mit dem Taxi zurücklegen. Der Ganzer-Verlag habe geantwortet, hatte ihm Gregor am Telefon mitgeteilt. Er verspürte nicht die geringste Lust, Gregor und Susanne zu sehen, aber, da er schon mal in seiner Heimat weilte, wollte er die Post des Ganzer-Verlags von Gregor nicht nachgeschickt bekommen, sondern persönlich in Empfang nehmen.

Sein Pseudonym prangte auf dem Briefumschlag:

S.R. Detour
c/o Gregor Rehlinger

Aus einer Laune heraus öffnete er den Brief nicht in Gegenwart von Gregor und Susanne, sondern verabschiedete sich unter einem Vorwand rasch.

Erst im Intercity wagte er es, den Brief zu öffnen:

„Sehr geehrter Herr Detour ... interessante Prosa ... leider ... und passt nicht ... Verlagsprogramm ... Gedichte auch ... aber verkaufen sich generell nicht gut ...“

Eine Absage. An ihn. Den frisch gebackenen Preisträger des Deutschen Buchpreises!

Sebastian kochte vor Wut. Diese Ignoranten. Haben die überhaupt die Anspielungen an Shakespeare, an Joyce, an Zweig in *Life is a Kleinstadt-Blues* verstanden? Oder das kryptische *Jeremiade of Alfred*? Das ist Prufrock! Nie gehört? Ihr Dödel. Die Fortsetzung. Das ist genial:

Life is a Kleinstadt-Blues

Some people frown
when they see my town.
But it is my home,
the sky is the dome.

„Was du heute kannst besorgen,
das verschiebe nicht auf morgen!"
That was what we were always taught,
but as a kid I always thought:
"Procrastination saves a lot of time."
For many things that were important yesterday
today aren´t worth a dime.

And when the churchbell rang,
the faulty choir sang.
We had to go, no chance to hide.

We played with the rugged boys
Who carried knives for toys.
We admired them, for they were free,
we feared their wrath, they couldn't be
real friends ... with their dirty hands.

„Spiel nicht mit den Schmuddelkindern"
The parents told us again and again.
But we liked their fires,
their mud-stained hands,
their cigarette ends,

175

their ruffled hair,
the clothes they wear.

The Latin teacher clipped our ears
and school was filled with novel fears.
Gone were the days of childish bliss,
now girls were waiting for a kiss.
We knew girls were a different kind
And it was difficult to find
A girl who really didn't mind
Us leaving them behind
For Champions League and Youtube clips.

And then came „Vera, Chuck and Dave",
the offspring of our married lives,
gone was the fun, we all had wives.
And bringing up a lot of brads
Was the new task, the job of dads.
Dave was myopic,
Chuck a bore
and Vera was a little whore.
She walked with every man in town,
and when they came, took off her gown.
I told them over and over again:
„Spiel nicht mit den Schmuddelkindern!"

Now we are old, our hair is grey,
instead of grass there's only hay.
And soon we'll be the target oft he scythe.

Roses are red, violets are blue,
the sickle will get us, me and you.
Wie können die es wagen. How dare they?

The Jeremiade of Alfred

The tombstones cry of havoc never seen
Whilst there beyond the border
Children are playing.
In Western Ullapool some fishermen gather
Enjoying the early evening.
When will he come again? quoth one,
to gather fishermen like us to follow Him?
His father spake to Moses, Abraham,
then sent His son.
The crucifixion was no fiction. For Josephus Flavius.
But why has He not spoken ever since?
Has He lost interest in this world of His?
Dobedobedo. Sinatra.
Samsung and Apple, Huawei.
Amos, Jeremy, Baruch
WHERE ART THOU ?

In München würde er ... nein. How dare they? Er würde nach Hause fahren. Am See sitzen. Und weiterschreiben. An seinem neuen Roman: *Zwei Leben – ein Leben.*

Er versuchte seine Wut zu unterdrücken, nahm eine Kladde, auf der *Zwei Leben* stand, aus seinem

Rollkoffer, fand einen Bleistift und entwarf den Plot:

Es soll in Deutschland beginnen. Ein Junge mit Namen Johannes wartet fröstelnd vor der Sakristei von Sankt Barbara. Messdiener. Gymnasiast aus einfachen Verhältnissen. Lernt fleißig. Dann Schnitt. Szenenwechsel. Ein kleiner Junge, Gianni, hört den alten, klapprigen Lastwagen seines Vaters. Schauplatz Kalabrien. Wieder hatte er keine Fuhre bekommen. Wieder würden sie nur Spaghetti mit Tomatensauce essen können. Beschreibung der Armut wichtig. Nur ein paar abgelaufene Schuhe und sowas. Der Ort soll Monasterace heißen, irgendwo in Kalabrien. Tagelöhner, bittere Not. Aber sonntags zum Gottesdienst. In abgewetzten Hosen.

Cut. Wieder Szenenwechsel. Johannes auf dem Weg zur Schule mit der Bahn. Dampflok. Sechziger Jahre eben. Lokalkolorit. Papst Johannes XXIII war gestorben. Johannes kaufte die BILD-Zeitung, auf der der gütige alte Papst zu sehen ist. Erste Stunde Religion. Religionslehrer Dr. Reck würde den Artikel zum Anlass nehmen, über den Papst zu sprechen. Johannes war da sicher. Dann die Enttäuschung. Wortlos faltet Dr. Reck die Zeitung zusammen, wirft sie Johannes vor die Füße mit der Bemerkung: „Dein Vater braucht dieses Blättchen mehr als wir hier!" Erst später versteht Johannes, dass der fromme Dr. Reck seinen Vater zutiefst beleidigt hatte.

Sebastian schaute aus dem Fenster. Das Rheintal. Weinberge. Er dachte nach.

Dann: Giannis Vater, Ludovico, hat keine andere Wahl. Wie schon zwei seiner Brüder und einige andere aus dem Dorf würde auch er ins gelobte Land gehen, Germania. Zu FORD. Köln. Aber zuerst nach Verona. Gesundheitscheck. Hier krasse Darstellung der Reihenuntersuchung. Anleihen bei Ellis Island, New York. Ankunft in Köln. Kalt. Statt Koffer Pappkarton mit Schnüren. Bisschen Klischee muss sein.

Szenenwechsel. Johannes macht Abitur mit ausgezeichneten Noten. Will Dolmetscher werden. Für drei Sprachen. Englisch, Französisch. Italienisch?

Szenenwechsel. Nach vier Jahren Isolation in Köln lässt Ludovico Frau und Kinder nachkommen. Gianni kommt auf die Hauptschule. Empfehlung gymnasiale Oberstufe.

Sebastian unterbrach seine Aufzeichnungen und dachte darüber nach, wie sich die beiden Leben, also Johannes und Gianni begegnen könnten. Den Zufall eines Unfalls verwarf er. Oh, war das schon Mannheim? Er dachte weiter nach.

Ja, Ludovico wird krank. Nach den vielen Jahren bei Ford am Band. Er liegt im Krankenhaus. Nennen wir es Sankt Vinzenz. Im gleichen Zimmer – ja das ist es! – liegt auch der Vater von Johannes. In der Besuchszeit begegnen sich Gianni und Johannes. Sie werden Freunde. Und dann wird man

weiter sehen. Das ist ein Roman, der die erste Gast-
arbeitergeneration beschreibt. Ja das würde dem
Ganzer-Verlag sehr zusagen.

9.
We only just begun, babe, to compromi-
se (Cockney Rebel)

„Zwei Leben – ein Leben", meine sehr verehrten Da-
men und Herren", so begann der Moderator Thomas Kessel von „Literatur heute", „ist ein kraftvol-
ler Roman, ein Meilenstein. Und ich freue mich,
Ihnen den Autor vorstellen zu können. Begrüßen
Sie bitte Herrn Sebastian ... (Pause) ... Heuger!"

Deutlicher Applaus durchzog das Studio des
Südwestfunks, in dem Sebastian schon eine halbe
Stunde vor Sendebeginn Autogramme hatte geben
müssen.

Ein Einspieler unterbrach die Begrüßung: Ein in
einen dunklen Anzug gekleideter älterer Herr, der
eindeutig als Italiener erkennbar war, sagte in fast
perfektem Deutsch etwas wie

„Ja so war ... haben beim Ford am Band gearbeitet."

Er betonte „gearbeitet" wie viele Italiener auf der
dritten Silbe.

„Mussten in Verona zu deutsche Doktor ... und
immer Heimweh."

Auch hier schlug das Italienische durch. Er sagte „unde" und „Heimeweh".

„Was sagen Sie dazu, Herr Heuger, dass sie von der italienischen Community gefeiert werden?"

Die Frage überraschte Sebastian spürbar, doch seine Antwort schien dem Moderator zunächst zu gefallen, als Sebastian sagte: „Über die erste Generation von Gastarbeitern wird viel zu wenig gesprochen. Waren sie es doch, die unser Land mit aufgebaut haben. An vorderster Front. Vor allem die Italiener, Spanier, Portugiesen und Jugoslawen. Über die neuen Geflüchteten aus dem Orient wird viel zu viel geredet. Und ich bezweifele, dass ihre Leistung ..."

„Nun, Herr Heuger, woher haben Sie denn Kenntnisse der Lebensverhältnisse im Italien der fünfziger und sechziger Jahre?", unterbrach ihn Thomas Kessel, dem der Hinweis auf die jüngere Vergangenheit wohl missfiel.

Dies war eine der Fragen, auf die der Ganzer-Verlag bestanden hatte. Das Verlags-Team hatte ganze Arbeit geleistet. Und so kam auch die letzte Frage nicht überraschend: „Sie schreiben zurzeit an einem neuen Werk. Verraten Sie mir und dem Publikum, um was es dabei gehen wird?"

Sebastian überlegte kurz, ob er verraten sollte, dass sein Werk *retro retro* ein düsteres Bild auf den aktuellen Feminismus entwerfen werde.

Er blieb vorsichtig und sagte: „Na ja, der nächste Roman spielt in der Zukunft, etwa 70–80 Jahre von heute. Ich habe darin – wie ich meine, humorvoll – den Kampf gegen das Patriarchat satirisch bearbeitet. Alle wichtigen Positionen und Berufe werden von Frauen ausgeübt. Jungen sind aus dem allgemeinen Schulwesen verbannt worden. Sie erhalten nur rudimentäre Ausbildung in Schreiben, Lesen und elementarem Rechnen. Alles wird von Frauen dominiert. Doch dann spüren die ersten, dass etwas schief läuft, dass etwas fehlt. Aber mehr möchte ich hier nicht verraten ...“

„Klingt interessant“, schleimte der Moderator.

Nach der Sendung musste Sebastian weitere Autogrammkarten schreiben, sich kurz für ein paar – so hatten sie es genannt – Shootings hinstellen, lächeln. Übelkeit überkam ihn.

Er hatte es zwar genossen, wieder einen TV-Auftritt „unfallfrei“ hinter sich zu bringen, doch immer klarer wurde ihm, dass er sich zum Affen machte. Natürlich waren seine von Ganzer-Verlag betreuten Romane und Bühnenstücke Kassenerfolge.

Aber er wollte zurück zu seinen Anfängen. *Wenn die Einsamkeit erwacht* – das war seine Literatur. Diese Kurzprosa war es, die er liebte. Und niemand wollte sie veröffentlichen. Das war der Moment, als er den Entschluss fasste. Ich werde es ihnen zeigen, dachte er.

Nun setzte sich Sebastian an die Arbeit. Ihm war aufgefallen, dass ältere Literatur nicht mehr im Bewusstsein der Leser war. Aber auch Experten wie Meyering oder andere Verlagsleiter schienen keine Kenntnis mehr zu haben von dem, was man einmal Weltliteratur nannte. Sollte er einfach … ? Er, Sebastian Heuger, Erfolgsautor, Bestsellerautor, Dramatiker würde diesen blasierten Typen einfach etwas anbieten, das …

. … .

„Herr Heuger, das ist das Genialste, was sie uns bisher angeboten haben", sagte Meyering. „Diese Sprachgewalt, diese unglaublichen Satzstrukturen! Wahnsinn!" Er nahm die erste Seite des Manuskripts und las voller Bewunderung die ersten Zeilen von „Heugers" Monumentalwerk *Die Äonen*.

Meyering las den Anfang laut vor:

„Indem ich mich anschicke, die sehr merkwürdigen Ereignisse zu schildern, die sich kürzlich in unserer, bis dahin durch nichts ausgezeichneten Stadt zugetragen haben, sehe ich mich durch meine schriftstellerische Unerfahrenheit genötigt, etwas weiter auszuholen und mit einigen biografischen Angaben über den talentvollen, hochgeachteten Trofisch zu beginnen. Diese Angaben sollen nur als Einleitung zu der in Aussicht genommenen Erzählung dienen; die Geschichte selbst, die ich zu schreiben beabsichtige, soll dann nachfolgen."

„Schon diese Einleitung, Heuger. Wissen Sie, was ich meine?", sagte Meyering und hatte ihn zum ersten Mal nur mit „Heuger" angesprochen.

„Ich sehe viele solche geniale Passagen. Sie werden immer besser, Heuger!" Da war er wieder, der Heuger. „Vielleicht", fuhr er fort, „sollten wir das Ganze etwas straffen. Im Paperback würden das locker 800–900 Seiten. Zum Beispiel die Passage, wo der Aufstand vorbereitet wird, die scheint mir geeignet, auf ein paar Seiten gekürzt zu werden, aber das wird dann unsere Cheflektorin mit Ihnen durcharbeiten."

Heuger verspürte keine Lust etwas zu äußern. Er wusste, Meyering würde auf weitere Änderungen bestehen. „Und warum haben Sie den Ort Sankt Paulsburg genannt. Das ganze könnte doch auch in Sankt Petersburg spielen. Ihre Landschaftsbeschreibungen könnten durchaus auf Russland zutreffen. Was halten Sie davon?"

Sebastian räusperte sich. Dann setzte er an: „Ich möchte nicht viel ändern. Diese dichten und gleichzeitig ausgreifenden Darstellungen habe ich ganz bewusst gewählt."

"Verstehe. Und noch mal. Was Sie da vorlegen, ist genial. Hysterie, Mord, Kinderschändung. Diese Düsternis. Diese Strahlkraft. Heuger, bringen Sie mir mehr davon!"

.　...　.

Am See dachte Sebastian nach. Würde denn niemand den Autor wiedererkennen? Keine Zeile hatte Sebastian selbst geschrieben. Nur Namen und Schauplätze ausgewechselt, manche altertümlichen

Formulierungen umgeschrieben. Aus dem Studenten Schatow hatte er P. Schrader gemacht, aus Trofimowitsch Trofisch. Und Meyering hatte nicht einen Augenblick darüber nachgedacht, dass sein Bestsellerautor in so kurzer Zeit kaum so ein Monumentalwerke hätte schreiben können. Das Aufsprechen der über 900 Seiten auf sein Diktierprogramm hatte vierzehn Tage gedauert, die Korrekturen nochmal so lange. Fertig war das Meisterwerk.

Nachen diesem Erfolg beschloss Heuger, sein Experiment auf die Spitze zu treiben und „schrieb" ein Bühnenstück über ein Liebespaar in – er entschied sich für – Spanien. Die Elternhäuser waren verfeindet und die Liebenden kommunizierten nur durch einen Spalt in der Wand der Häuser, denn in Spanien, wie jeder weiß, grenzt in der Regel ein Haus ans andere. Ein alter Priester hilft den beiden und gibt dem Mädchen einen Trank, der es für ein paar Tage in einen todesähnlichen Zustand versetzt. Den Rest würde Heuger ein wenig umschreiben: Sie erwacht aus ihrem „Todesschlaf". Der Geliebte hätte sich um ein Haar umgebracht. Happy End. Ein neuer „Heuger" war marktreif.

10.

To rearrange all these thoughts in a moment ... is suicide (Cockney Rebel)

Es dauerte nur zwei Jahre und Sebastian Heugers Monumentalwerke fanden reißenden Absatz. Der Kulturkanal Ars pries Heugers Lustspiel *Viel Lärm um Brix*, die „Zeit" bot ihren Lesern Auszüge aus *Der Marquis von A.* Weniger erfolgreich waren *Ufer ohne Fluss* und *Das scharlachrote Tuch*, obwohl die amerikanische Presse die Darstellung der Lebensverhältnisse der frühen strenggläubigen Einwanderer für „sehr gelungen" hielt.

Heuger hatte es zu beträchtlichem Ruhm und, damit verbunden, zu Reichtum gebracht. Auf seiner letzten Reise nach Sardinien hatte er in dem kleinen Bergdorf – oder war es schon ein Städtchen? – Oliena in der Mitte der Insel ein verfallenes kleines Haus erworben und es von einheimischen Arbeitern instandsetzen lassen. Dort wollte er leben. Seinen Reichtum genießen und keine weiteren Plagiate mehr anfertigen.

Sein Entschluss stand fest, seitdem er hatte feststellen müssen, dass selbst über den Titel *Das alte Meer und der Mann* niemand gestolpert war. Tatsächlich hatte es sich dabei um Heugers Versuch gehandelt, sich als Plagiator zu outen. Stattdessen verhöhnten sich das Verlagswesen, die Feuilletons, die Literaturexperten nur selbst, wenn sie „die Va-riabilität dieses Sebastian Heuger" bewunderten. Selbst der 700-Seiten-Roman *Anna Karelia* fand be-geisterte Leser, denen die 48 Euro für das gebunde-ne Buch nicht zu viel waren. Dabei hätte ein Blick ins Internet genügt.

Er musste einen anderen Weg einschlagen. Er wollte sein falsches Lebenswerk zerstören.

Nun ging er behutsam und systematisch vor. Er bat Meyering, ihm die Teilnahme an der sehr erfolg-reichen Sendung „Talk vor Elf" zu organisieren.

11.
Dance on my heart, laugh, swoop and dart ... (Cockney Rebel)

Das Treffen mit seiner Exfrau verlief erstaunlich ruhig und gelassen. Auch Sibylles Partner, Robert oder Herbert, saß auf der Couchgarnitur und schenkte Kaffee für alle ein. In Roberts/Herberts Anwesenheit konnte er seinen Plan allerdings nicht äußern. Also wartete Heuger, bis Robert/Herbert zu seiner Volleyballgruppe musste.

Dann eröffnete er Sibylle, was sie zu tun habe. Ein Scheck über 50.000 € überzeugte sie. „Der Morgen" berichtete als erster über die Enthüllun-gen der Sibylle H. Auf Seite 4: „Sebastian Heuger ein Schwindler?" Er überflog den Artikel und war zufrieden. Der Anfang war gemacht. Es folgten der „Spiegel", der „Stern" und selbst die britische Presse nahm Kenntnis von den „incredible allegations" der Sibylle H. Die französische Presse tat die „unglaublichen Behauptungen" als Rache einer verstoßenen Ehefrau ab.

Noch zwei Tage bis zum „Talk vor Elf". Sebastian nahm den Zug in die Eifel. In Nettersheim stieg er aus, ging über die Wiese eines Naturzentrums und wanderte an der Bahnstrecke entlang. Hier würde er den Kopf frei bekommen, auch wenn die Eifel nicht Sardinien war.

Würden die „incredible allegations" seiner Exfrau reichen? Der leichte Regen förderte seine Konzentration und seine Entschlossenheit. Ein Gedicht, ein Lesetipp an einen seiner Schmeichel-Schreiber. So musste es gehen. Und so schickte er an verschiedene Zeitungen sein Gedicht.

Ich lieh

Habe alles nur
erfunden, um das
Innere zu erkunden.
Lass die Hülle einfach fallen; das gefällt gewiss nicht allen.
Darf
ein Dichter sich so
nennen?
Recht geschieht
es euch, den Guten!

Cholera und Pest!
Hoch die Fluten,
Tartarus ist nicht mehr weit.
Erebos ist
nah.

Die Talkshow wurde zum Tribunal: „Herr Heuger, was sagen Sie zu den Vorwürfen, sie vertreten rechte Ideologie?", war die erste Frage des Moderators.

Immer die alte Leier, dachte Heuger und ging zum Gegenangriff über: „Was sagen Sie denn zu dem Vorwurf, Sie vertreten linke Ideologie?"

„Ja, ich verstehe", sagte der Moderator, „Sie wollen damit sagen, dass das politische Spektrum, das wir vom öffentlich-rechtlichen ...“

In dem Moment meldete sich – von Heuger bestellt – der Kulturredakteur des Hessischen Rundfunks zu Wort: „Wir haben in mühevoller Arbeit zahlreiche Stellen aus Herrn Heugers Schriften, Theaterstücken und anderen Werken zusammengetragen, die eindeutig auf rechtsradikales Gedankengut hindeuten. In seinem Roman *Anna Karelia* ist es ein Gardeoffizier, der sagt – ich zitiere: „Nur wer bereit ist, dem linken Pöbel die Hände abzuhacken, hat es verdient, neue Generationen zu zeugen." Oder hier, in seinem Kurzroman *Ein Prozess* lässt er einen Herrn Josef festnehmen, und zwar ohne Gerichtsprozess. Eindeutig ein Beleg für rechtsradikale Gesinnung."

Wie Heuger es vorher geplant hatte, rückte er nun unruhig auf seinem Sessel hin und her, berührt mit der Hand mehrmals seine Nase – in der Körpersprachentheorie, so hatte er gelesen und gelernt, ein untrügerisches Signal der Unsicherheit.

Nun wollte auch der Moderator glänzen und zog das Gedicht *Ich lieh* vor. Er konfrontierte Heuger mit den Anfangsbuchstaben der Zeilen. Auf einem riesigen Screen eingeblendet wirkte sein chaotisches Gedicht noch besser. Die Anfangsbuchstaben waren von einem fleißigen Redaktionsvolontär in Fettbuchstaben gesetzt worden. Allem Anschein nach genoss der Moderator die Unruhe, die sich im Studiopublikum breitmachte, als er die Anfangsbuchstaben zu einem sinnvollen Text zusammenfasste. „Herr Heuger", sagte er triumphierend, „wollen Sie das leugnen? Selbst der Titel, rückwärts gelesen, verrät Sie."

Scheinbar fassungslos zog Heuger die „Ihr-tut-mir-Unrecht"-Karte.

„Das ist doch Satire!", warf er knapp ein.

Jetzt sprangen die beiden übrigen Talkgäste dem Moderator zur Seite. Ein etwas dümmlich grinsender Altachtundsechziger lehnte sich siegessicher zurück und las: „Nur aufrechte Kameraden können uns vor der Invasion der Analphabeten befreien." Dann setzte er den arrogantesten Blick auf, der ihm möglich war, und sagte: „Sie sind ein Neonazi! Und auch Ihre Ehefrau bestätigt dies."

Nun zitierte er, zu Heugers Freude, aus einer Zeitschrift, die allen Ernstes „Glamour" hieß: „Mein Exmann hatte immer schon Kontakte zu dieser Szene ... zur Lega Nord in Italien ... zu den Le Pen-Leuten in Frankreich ..."

Jetzt sprang Heuger gekonnt auf: „Alles Verleumdung. Ja, ich gebe zu, ich hatte Kontakte zu diesen Kreisen, aber doch nur, um für einen neuen Roman zu recherchieren." Ein lange einstudierter trauriger Blick in die Kamera untermauerte nur, dass hier jemand versuchte sich zu rechtfertigen.

Natürlich hatte niemand versteckt oder offen rechtsradikale Gedanken finden können, da es sie in Heugers Werken einfach nicht gab. Und so verteilte er weiter angebliche Zitate aus den längeren Plagiaten, die gierig übernommen und in der Presse veröffentlicht wurden, und zwar über Mittelsmänner, Zeitungsreporter und Fernsehleute. Dass sich niemand die Mühe machte, die von Heuger erfundenen Zitate zu suchen, wunderte ihn nicht. Wer den „Prozess" für ein gelungenes Werk des großen Sebastian Heuger hielt, hatte nichts anderes verdient, als erneut auf seine Tricks hereinzufallen.

Das Gespräch in Meyerings Büro war von sehr melancholischer Natur, und als der verzweifelte Meyering fragte: „Was ist an den Vorwürfen dran?" – wörtlich in dieser stilistisch schlechten Formulierung – erhob sich Heuger, legte seine rechte Hand, die eine 3 signalisierte, auf sein Herz und brüllte

Meyering an: „Sie Trottel! Ich habe euch alle gelinkt und ihr habt mich fürstlich entlohnt!" Meyering wurde blass: „Heuger, Sie sind das, was man Ihnen da vorwirft?" „Und noch viel mehr!", gab Heuger zurück.

Teil 2

12.
But I need a break (Cockney Rebel)

È inutile, non c´è più lavoro (Lucio Dalla) – es hat keinen
Sinn, es gibt keine Arbeit mehr

Auf seinem Tablet auf Sardinien erreichte Sebastian
die Nachricht, dass der Ganzer-Verlag alle Werke
Heugers aus dem Programm genommen hatte. Er
war frei.

Von seinem neuen Wohnort Oliena hatte er sich
von Roberto, dem Gehilfen des Bäckers, über holp-
rige Feldwege bis zu einem Punkt fahren lassen, von
dem aus er die Höhle erreichen würde. Er steckte
Roberto einen Zehneuroschein zu, bedankte sich,
schulterte seinen dünnen Rucksack und machte
sich auf den Weg. In sanften Biegungen ging es zunächst leicht bergauf. Waren das Kiefern?

Nun wurde das Geröll immer dichter. Die kleinen, offenbar durch Bäche (?) gerundeten Steine
hatte er mühelos hinter sich gebracht. Seine Sneaker
schienen ihm aber bei den größeren, glatten Steinen
keinen sicheren Halt mehr zu geben. Schon jetzt
bedauerte er, wieder nur zwei Bücher und seinen

Zigarettentabak in den Rucksack gesteckt zu haben. Eine Flasche Wasser und ein Panino würde er beim nächsten Mal mitnehmen. Und in Nuoro würde er ganz sicher Wanderschuhe bekommen.

Sein Blick ging über die Kiefern (?) hinweg auf eine steile Wand, hellgelb, bedrohlich. Steil, nur unterbrochen durch Geäst und Wurzeln, die irgendwie den Weg dorthin gefunden hatten. Ihm wurde bewusst, wie wenig er sich in seinem Leben mit der Flora beschäftigt hatte. Er würde das nachholen müssen.

Der Pfad wurde enger. Sebastian zog sich an den Ästen der Kiefern Schritt für Schritt nach oben. Nun stand er vor der gelben Steilwand. War er auf dem richtigen Weg? Nach links führte ein nicht weniger steiniger Pfad durch eine Art Tunnel, nicht sehr lang, hinter dem das Blau des sardischen Himmels hervorlugte.

Er zwängte sich seitlich hindurch bis zu der Stelle, an der er sogar seinen schmalen Rucksack abnehmen musste, um mehr kriechend als gehend das Ende des Durchgangs zu erreichen. Zu seiner Freude wurde der Weg nun breiter, schützend oder drohend lag die gelbe Wand rechts von ihm. Wasser! Nein, er hatte nur Bücher und Tabak.

Er hörte Stimmen, italienische Laute, die Tiscali-Höhle konnte nicht mehr weit sein. Ob die Besitzer der Stimmen den gleichen Weg genommen hatten wie er? Eine kleine Felskuppe trennte ihn noch von seinem Ziel. Hier hatten Menschen gelebt, hunderte von Jahren vor Christus. Hier oben. Warum?

Nun sah er eine kleine Gruppe, sechs Erwachsene und drei Kinder, die einem Führer zu lauschen schienen. Nur der Führer bemerkte den Neuankömmling und winkte Sebastian zu.

Er ließ sich erschöpft auf einen Felsen sinken und schaute in die Höhle der Tiscali-Menschen, Exemplare jener merkwürdigen Kultur, über deren Entstehung vor mehreren tausend Jahren immer noch spekuliert wurde. Auch wenn Hinweisschilder vor Waldbrandgefahr warnten, verspürte er Lust zu rauchen. Er wartete, bis die Gruppe ihre Führung beendet hatte und zwischen den Felsen verschwand. War das der andere Weg, hinauf und hinunter? Nun drehte er sich eine Zigarette, zündete sie an und stieß den Rauch aus, so dass sich die Höhle hinter einem bläulichen Vorhang zu verstecken schien. Er war allein. Er hatte es geschafft. Was die Mehrheit der Menschen als Einsamkeit empfänden, für ihn war es die Erfüllung eines Traums.

Seine Füße schmerzten, sein Rücken, verschwitzt, hatte schon eine unangenehme Taubheit angenommen. Und sein Durst wurde unerträglich. Sebastian erhob sich mühsam, nahm die wenigen Schritte bis zu der Stelle, an der die Gruppe in den Felsen verschwunden war, und gelangte nach wenigen Minuten auf einen zwar steinigen, aber festen Weg. Er musste lächeln, als er die Wegweiser sah, die dorthin wiesen, wo er sich noch vor wenigen Minuten befunden hatte. Er hatte den falschen Aufstieg gewählt, soviel stand fest.

Sein Rücken zeigte wieder Anzeichen von Leben, aber seine Füße wollten nur noch bergab. Er stellte sich vor, wie er vor Enzos Trattoria saß, eine riesige Flasche Wasser – Sorgente XY – und das unvermeidliche Glas Canonnau vor sich.

Stimmen? Ja, es war die Gruppe. Er hatte sie fast eingeholt. Sollte er sie überholen? Der Führer nahm ihm die Entscheidung ab. Die Gruppe setzte sich auf die glatten Felsen, begrüßte Sebastian mit mehreren „Ciaos". Der Führer begnügte sich mit einem freundlichen Lächeln. Er war schon einige Meter weiter, als jemand rief: „Heuger! Hey, Sebastian Heuger!" Sollte er sich umdrehen? Es waren wohl Deutsche in der Gruppe und einer schien ihn erkannt zu haben. „Signore!", rief jemand laut. Es war der Führer. Sebastian blieb stehen und sah, wie ein etwa 40-Jähriger in Funktionskleidung aus der Gruppe auf ihn zukam.

„Herr Heuger?", fragte er skeptisch. Sebastian hatte sich auf eine solche Situation vorbereitet und sagte: „Sie können sich nicht vorstellen, wie oft mir das schon passiert ist, auch in Deutschland hat man mich schon öfter mit diesem Heuger verwechselt." Der Funktionsgekleidete entschuldigte sich, warf noch einen Blick auf Sebastian und kehrte zu seiner Gruppe zurück.

13.

È chiaro che il pensiero dà fastidio (Lucio Dalla) – es ist klar, dass das Nachdenken nervt

Die Begegnung mit dem Wanderer haftete noch in Sebastians Kopf. Wer bin ich wirklich? Ein Schriftsteller? Warum wollte ich, dass meine Texte überhaupt veröffentlicht werden? Gedanken zulassen. Die Leser haben entschieden und ich habe immer wieder geliefert. Ich habe bedient. Natürlich war *Prima Klima in Lima* ein Witz, aber es wurde gelesen, gepriesen und vor allem: gekauft.

Sebastian ging nach einem zweistündigen traumlosen Schlaf die steile Dorfstraße hinauf, die in der Nachmittagssonne glänzte. Man grüßte ihn freundlich, Enrico der Bäcker, Gianni winkte aus seinem Kiosk, Laura lächelte hinter ihrem Gemüse.

Schon über ein Jahr war er hier in Oliena. Und der Ort war ihm ans Herz gewachsen. Bei seinem Einzug hatten sich die Nachbarn verwundert gezeigt, dass ein einzelner Mensch so viele Bücher hatte. Immer wieder trugen die drei Jugendlichen, die sich freuten, endlich ein wenig Geld zu verdienen, weitere Kisten mit Büchern ins Haus. Immer wenn er selbst mit Hand anlegen wollte, hinderten ihn die Dorfjungen daran. „Ci pensiamo noi!" – Wir machen das schon!

197

Und so blieb Sebastian nur, die sauber nach Alphabet geordneten Bücher in die Regale zu stellen. Er erinnerte sich noch, wie der Dorfschreiner mehrmals fragte, ob das sein Ernst sein. So viele Regale – Signor Falucci sprach nur von Brettern – brauche niemand. Und so wurde alles von Anderson bis Brecht in der kleinen Diele untergebracht. Cicero bis Defoe fanden links vom Holzofen ihren Platz, aber schon beim Buchstaben „F" ließen Sebastians Kräfte nach.

Die drei jungen Männer aus dem Dorf hatten es geahnt und waren geblieben. Bis zum späten Abend hatten sie also Arbeit, auch wenn sie den Eindruck machten, als sei Sebastian für sie ein merkwürdiger Kauz, ein Freak aus dem besseren Europa, der mit den Büchern. War es sein Nachbar Franco, der ihm den Spitznamen „libraio" gab?

Nur wenige trauten sich, ihn Sebastiano zu nennen. Es dauerte noch zwei weitere Jahre, bis aus Signor Oiga endlich Bastiano wurde. Immer wenn er den kleinen Rucksack mit der Aufschrift „Fully armed" öffnete, schienen die anderen Gäste im „Café da Luigi" voller Spannung darauf zu warten, welches Buch er jetzt hervorziehen werde. Erst Monate später verrieten sie ihm, dass sie Wetten darauf abgeschlossen hatten, welche Farbe das Buch haben würde, das er herausziehen würde.

Sebastians Italienisch hatte durch den Kontakt mit den Dorfbewohnern mittlerweile eine sardische

Färbung angenommen und sein Weingeschmack war so sehr an den ausgezeichneten, einfachen Cannonau gewöhnt, dass er die teuren Weine, die er mit Verlagsleuten, Fernsehleuten oder Filmleuten hatte trinken müssen, überhaupt nicht vermisste.

Mit den teuren Weinen gehörten auch die Meetings und die Treffen mit Anlageberatern der Vergangenheit an. Investieren Sie in Schiffe, hatte ihm einer dieser Geldmänner geraten, bauen Sie, ein anderer. Er hatte sein Vermögen in der Schweiz. Legal.

Die kleine Bank in Oliena hatte zum ersten Mal Überweisungen aus der fernen Schweiz erhalten, doch Sebastian war klug genug, nur jeweils etwa 5000 € in der Filiale der Banco Sardo zu deponieren. Wie leicht konnte Gerede aufkommen, wenn der dort deponierte Betrag recht hoch war. Die deponierte Summe reichte aus, um fällige Reparaturen durch die ansässigen Handwerker bar zu bezahlen. Ansonsten bediente er sich der Platincard des American Express. Seine Ausgaben für Speisen und Getränke waren sehr überschaubar. Maria, die Wirtin des kleinen Restaurants, zwei Straßen von seinem Häuschen entfernt, hatte ihm angeboten, doch monatlich zu bezahlen, da er ohnehin fast jeden Tag, manchmal sogar zweimal am Tag, bei ihr speiste.

Kann man alles hinter sich lassen? Was dachten die Einheimischen, wenn er sich im Café an „seinen" Tisch setzte und wieder ein anderes Buch hervorholte – blau dieses Mal, Luigi hatte die Wette gewonnen.

Sie hatten ihn nach der Sonntagsmesse an ihren Tisch geholt. Das muss im März gewesen sein. Natürlich hatten sie ihm viele Fragen gestellt. Warum er ausgerechnet in ihr Dorf und auf ihre Insel gekommen sei? Was er denn beruflich so mache? Oder gemacht habe?

Sebastian musste wieder eine Legende erfinden, wieder etwas von sich geben, das nur die Fragenden zufriedenstellte. Er sei bis zu seiner Frühpensionierung Versicherungsmakler gewesen, habe das Angebot der Versicherung, mit 53 auszuscheiden, angenommen und wolle hier in Oliena die nächsten Jahre verbringen. Sardinien sei preiswerter als Deutschland. Vor allem: wärmer. Oliena hatte er auf einer seiner früheren Reisen kennen gelernt. Dann fügte er noch hinzu, dass er die Menschen, die Sarden, liebe.

Und so ließ man Sebastian, Bastiano, nach und nach Teil ihrer Gemeinschaft werden. Er durfte sogar bei der Prozession S'incontru am Ende der Karwoche als einer der acht Träger der Marienstatue fungieren. Aufmerksam lauschte er den Gesprächen der Alten, zog begierig den sardischen Dialekt in sich hinein, deren Worte er in einer seiner zahlreichen Kladden festhielt und lernte. Das war das einzige, das er schreiben wollte. Sardische Worte.

14.
Intanto un mistico, forse un aviatore (L. Dalla) – mittlerweile ein Mystiker, vielleicht ein Flieger

Don Albertos Einladung fand er nicht im Briefka-sten, sondern auf dem Fußboden, als er die Haustür öffnete. Seit Sebastian die heilige Messe sonntags besuchte, war Don Alberto, wie man den Priester der Pfarrei hier nannte, ihm vertraut. Seine boden-ständigen Predigten gefielen Sebastian. Er würde die Einladung für Donnerstagabend annehmen.

Mittlerweile funktionierte sein WLAN fast 24 Stunden lang, die gelegentlichen Aussetzer störten Sebastian nicht mehr. Hatte er noch bis vor we-nigen Monaten die Nachrichten aus Deutschland täglich verfolgt, so war ihm aufgefallen, dass sein Interesse daran mehr und mehr schwand. Abstand. Ab – stand. Auch von sich selbst? Ist das möglich?

Er hatte dabei einen Helfer, von dem er zunächst nichts ahnte. Sein Freund (?) Gregor hatte ihm vor langer Zeit diese CD geschenkt. Lucio Dallas *Com'è profondo il mare*. Trotz seiner guten Italienischkennt-nisse war es Sebastian nicht gelungen, die krypti-schen Verse Dallas zu entschlüsseln. Cockney Re-bels *Sebastian* war Vergangenheit. Eine andere Pha-se. Wie mochte es Gregor gehen? Jetzt war es Lucio Dalla. *Incipit Vita Nova*. Er schaltete den in die Jahre gekommenen CD-Player ein und lauschte. Besonders eine Zeile verstand er ohne Probleme: „Caccia via queste mosche che non mi fanno dormire" – „Fang doch bitte diese Fliegen, die mich nicht schlafen lassen" übersetzte er die Zeilen für sich. Diese Fliegen würden ihn noch lange verfolgen, dachte er: Meyering, die Verlage, ja sogar Sibylle. In Träumen glaubte er sie verarbeitet zu haben, doch sie kamen wieder. Lästige Fliegen der Vergangenheit. In Deutschland hätten Sibylle und auch Gregor ihm zu einer Therapie geraten. Hier brauchte er nur einen Blick von der Terrasse in Marias Restaurant auf die Berge zu werfen und die Fliegen entfernten sich.

Träume, die in den ersten Wochen ausgeblieben waren oder seine Erinnerung nur oberflächlich gestreift hatten, waren intensiver, gehaltvoller geworden. Auch wenn er sich geschworen hatte, keine Zeile mehr zu schreiben, legte er eine Kladde an, in der er die lebhaftesten Träume festhielt.

Unter „20 febbraio" – er hatte tatsächlich das Datum italienisch geschrieben – hatte er notiert:

Die Träger der Madonnenstatue verließen einer nach dem anderen ihren Platz. Das Haltegerüst neigte sich bedrohlich zur Seite, ich schob mich zur Mitte, trug die Last fast allein und erreichte mit Mühe die Stufen der Pfarrkirche. Dann hob sich das Gerüst von selbst und ich fiel auf die Stufen. Durch das weit geöffnete Kirchenportal sah ich Reporter mit Mikrofonen. Sie riefen: Oiga, Heuger, Oiga, Heuger.

Damit endete der Traum. Unter „21. März" – diesmal auf Deutsch – las er:

Ich erhebe mich, starre aus dem Fenster, breite die Arme aus und fliege. Hoch. Immer höher. Das Dorf weit unter mir, hinter mir die Berge. Supramonte. Am Horizont eine Mauer aus Büchern, meinen Büchern, gesäumt von Türmen. Ich fliege darauf zu, bereit, die Mauer einstürzen zu lassen. Doch dann zerfällt die Mauer, zuerst die Türme, die aus „Die Äonen" bestehen. Ich wache auf.

. … .

Don Alberto öffnete und führte Sebastian in ein winziges Wohnzimmer. Auf dem Tisch sah Sebastian eine Platte mit Käse und Schinken neben einer Flasche Cannonau. „Nehmen Sie doch Platz, Sebastian. Ich sage Sebastian. In Ordnung?"

„Ja, natürlich, Don Alberto. Natürlich."

„Es freut mich, dass Sie gekommen sind."

„Gerne, Don Alberto. Ich habe mich über Ihre Einladung sogar sehr gefreut. Aber sagen Sie: Gibt es einen bestimmten Grund für die Einladung?"

„Nein. Ich habe Sie all die Monate beobachtet und viel über Sie nachgedacht. Ein Deutscher, der sein Leben in unserem Bergdorf verbringen will. Das interessiert mich."

„Verstehe."

Don Alberto griff nach der Weinflasche, die vermutlich seine Haushälterin schon geöffnet hatte. Er schenkte ein.

„Könnten Sie verstehen, Don Alberto, dass ich auch an Ihrem Leben interessiert bin?"

„Natürlich. Natürlich."

„So ein Ort wie Oliena ist voller Leben. Ich kenne einige Länder, vor allem mein eigenes, Deutschland."

„Voller Leben, Sebastiano, aber auch voller Geheimnisse."

„Klären Sie mich auf?"

„Sehen Sie, unsere Region hier, die Barbaglia, hat noch viele alte Traditionen erhalten. Ich stamme aus Alghero. Sie wissen, dass die Menschen da oben im Nordwesten Katalanisch sprechen neben Italienisch und Sardisch. Was glauben Sie, wie viel Mühe es mich gekostet hat, nicht mehr als „Spagnolo" bezeichnet zu werden."

Don Alberto hatte die letzten Sätze in katalanischen Singsang gesprochen. Bewusst? Er nahm einen Schluck Wein und fuhr fort: „Die Messen musste ich anfangs vor ziemlich leeren Bänken feiern. Erst als Donna Carmella – Sie wissen, wen ich meine – die Dame aus der Apotheke, sonntags zur Messe kam, folgten andere, vor allem Frauen. Dann füllte sich die Kirche allmählich. Die Männer brauchten noch eine Weile, der Bürgermeister machte den Anfang."

Sebastian schmunzelte, weil ihn das italienische „sindaco" für „Bürgermeister" immer an „Syndikat" erinnerte, an Al Capone und andere.

„Und, was Sie vielleicht nicht wissen, Sebastiano, die uralten Riten haben sich erhalten. Wenn einer aus Oliena oder den anderen Dörfern krank ist, ruft man selbst heute nicht etwa einen der Ärzte aus Nuoro, sondern lässt Donna Carmella kommen. Sie heilt mit Pflanzen aus den Bergen und mit Tinkturen, die sie selbst zusammengebraut hat. Die Apotheke ist nur ein Alibi. Und die Leute vertrauen ihr."

„Interessant", warf Sebastian ein.

„Ja, ich gebe zu, dass Carmella auch mir geholfen hat, bei meiner verfluchten Gicht. Und sehen Sie", Don Alberto ließ seine Finger hin und her schnellen, „keine Schmerzen, völlig normal."

Sebastian unterbrach ihn: „Also hat die Kirche hier eher wenig Einfluss?"

„Ich hatte nach und nach verstanden, dass die Heiligenverehrung wichtiges Element der Dorftradition ist. Aber sie glauben auch an anderes. Übrigens, dass man Sie, lieber Sebastiano, als Träger der Statue auserkoren hat, sollten Sie als große Ehre sehen. Sie gehören jetzt dazu."

„Es gibt ein paar Dinge hier im Ort, die ich noch nicht verstehe. Ich habe einem der Alten zugehört; er sprach immer von einer „madre forte"."

„Ja, ja. Die starke Mutter", unterbrach ihn Don Alberto, „eine alte Geschichte. Sie kennen doch das rötliche Haus, neben der Bäckerei."

„Ja. Da wohnen die Cetelli."

„Genau. Der alte Cetelli – wie alt mag er sein? Vielleicht 70 – wäre als Kind fast umgekommen, wenn seine Mutter nicht gewesen wäre. Es wird erzählt, dass er mit zwei Jahren auf der Straße dort hinten", Don Alberto zeigte nach links, „ja, auf der Via Italia, da muss es gewesen sein. Also, der Junge rannte auf die Straße, er stürzte. Ein Pferdefuhrwerk fuhr auf ihn zu. Das Pferd hatte ihn nicht zertrampelt, aber der Wagen drohte den Kleinen zu überrollen. Die Mutter sprang auf die Straße, griff den schweren Wagen samt Kutscher und", hier stockte Don Alberto kurz, „hob das Ganze an. Der Junge blieb unverletzt."

„Unglaublich!", entfuhr es Sebastian.

„Einige der Dorfbewohner, die das beobachtet haben, leben noch. Die alte Barruta oder der buckligen Pietro."

Don Alberto hielt inne, schenkte sich Wein nach und sah Sebastian an, als warte er auf eine weitere Reaktion. Da sie aber ausblieb, nahm Alberto den Faden wieder auf: „Möglich ist das schon. Obwohl."

Nun leerte Sebastian sein Glas und schwieg.

„Na ja", sagte Don Alberto, „es geschehen schon seltsame Dinge in der Welt."

Diese Weitung des Horizonts auf die Welt nahm Sebastian zum Anlass, seinen Abschied anzukündigen. Don Alberto schien Sebastian nicht aufhalten zu wollen, bot ihm aber an, doch „wenigstens noch einen kleinen Grappa" zu nehmen.

Und so endete der Abend.

Beim Abschied sagte er: „Ich danke Ihnen für den interessanten Abend, Don Alberto, und würde mich freuen, Sie in meinem bescheidenen Heim einmal begrüßen zu dürfen."

„Nella biblioteca", witzelte der Pfarrer.

„Ja, ich habe viele Bücher, auf die ich stolz bin, auch spanische übrigens. Wenn Sie als Spagnolo Lust haben ..."

Beide lachten noch, als Sebastian den Heimweg antrat. Am Gittertor drehte er sich noch einmal um. Don Alberto stand da, das gelbe Licht der Lampe über der Tür des Pfarrhauses umfloss den Priester und erzeugte ein Bild, wie es nur Magritte hätte erschaffen können.

15.
Solo in mezzo al mare (L. Dalla) – allein, mitten auf dem Meer

Es war schon nach 9:00 Uhr, als Sebastian aufwachte. Die „madre forte" hatte einen so starken Eindruck hinterlassen, dass sie Teil eines Traums geworden war. Sebastian versuchte, Einzelheiten des Traums zu rekonstruieren, gab aber sehr bald auf.

Er stand auf und ging in die Küchenecke, um sich seinen Morgenkaffee zuzubereiten. Er stieß mit dem Oberschenkel gegen den kleinen Küchentisch, schenkte dem aber keine Beachtung. Die silbrige Kanne auf der glühenden Herdplatte gab das vertraute Geräusch von sich, das ihm signalisierte, dass sein Kaffee bereit war.

Er überlegte kurz, ob er mit dem Kaffee ins Bett zurückgehen sollte, entschied sich aber für den Küchentisch.

War es eine gute Idee, Gregor einzuladen? Würde ihn sein Besuch nicht unweigerlich zurückrufen, in die Zeit „vor Oliena" zurückstoßen? Würde Gregor Rehlinger nicht auch anderen seinen Aufenthaltsort preisgeben? „Le mosche" – die lästigen Fliegen der Vergangenheit.

Für den Monat, der ihm bis zu Gregors Besuch noch blieb, hatte Sebastian sich etwas ausgedacht, das er eigentlich für eine seine Kurzgeschichten vorgesehen hatte. Er entschied, die Story nicht zu schreiben, sondern sie „real" zu inszenieren. Seine als Fiktion gedachte Handlung konnte beginnen.

.   ...   .

Es war die Wirtin Maria, die Sebastians Veränderung als erste bemerkt. Als er zwei Tage nicht bei ihr zum Essen erschienen war, hatte sie Gianluca gebeten, sich nach Sebastian zu erkundigen.

Und so schlich Gianluca um das kleine Häuschen, in dem er Sebastian vermutete, herum, wagte aber nicht anzuklopfen, sondern ging unverrichteter Dinge wieder zu seinem Laden zurück. Auch Sebastians Kumpel aus Luigis Café wunderten sich, dass er seit Tagen nicht mehr erschienen war. Es war Emilio, der den Vorschlag machte, gemeinsam nach Sebastian zu schauen.

Durch die Scheiben seiner Küche beobachtete Sebastian, wie die fünf Männer berieten, verwarfen, nach vorne traten, dann wieder zurück. Schließlich löste sich Emilio aus der Gruppe, schritt kühn auf die Haustür zu und klopfte. Sebastian ließ ihn lange Minuten warten. Dann öffnete er die Tür einen Spalt und fragte: „Was willst du?"

Ein wenig irritiert über den barschen Ton stammelte Emilio: „Wir ... also, du warst schon ein paar Tage ... ist alles in Ordnung?"

„Nein, Emilio", sagte Sebastian, jetzt etwas

freundlicher, „es gibt Probleme, aber ich möchte darüber nicht sprechen."

„Bist du krank?", fragte Emilio.

„Nein, nein. Es ist ... bitte lasst mich einfach."

Dann schloss er die Tür und ein verdutzter Emilio blieb noch eine Weile regungslos vor der Tür stehen.

Nach und nach verbreitete sich das Gerücht, dem Deutschen gehe es nicht gut. Und so erschienen, ohne dass Sebastian ein System dahinter erkannte, Lorenzo der Schneider, Federico und Nicola, die ihm oft frisches Gemüse vorbeigebracht hatten, Simone und seine Frau Elena sogar mit den Kindern Alice, Mia und Michele. Und viele andere aus dem Ort kamen, verweilten kurz auf der Straße vor seinem Häuschen und entfernten sich, immer noch gestikulierend, nur widerwillig.

Sebastian notierte alle Namen in seiner Kladde. Es dauerte nur zwei weitere Tage, bis jemand den Mut fand, an der Tür zu klopfen. Es war Don Alberto. Sofort war Sebastian klar, dass der Priester die geeignete Person war, um seinen Plan zu Ende zu bringen.

"Sebastiano!", sagte Don Alberto. Es klang fragend und zweifelnd, „darf ich reinkommen?"

Sebastian bat ihn herein. Schweigend nahm Don Alberto Platz, stellte eine Flasche Wein auf den Tisch, nachdem er zwischen all den Büchern, die auf dem Tisch lagen, eine Lücke geschaffen hatte.

Don Alberto zu belügen fiel Sebastian schwer, aber sein Plan würde schließlich auch dem Priester und seiner Kirche Vorteile bringen.

„Was ist los?", fragte Don Alberto geradeheraus in einem Dialektausdruck, der Sebastian sehr vertraut war. Der Don setzte nach: „Wir vermissen Sie, Sebastiano. Alle. Maria macht sich große Sorgen, weil Sie seit Tagen nicht mehr bei ihr essen waren. Ihre Freunde aus dem Kaffee, der Friseur, wir alle."

„Ach, Don Alberto", unterbrach ihn Sebastian, „es fällt mir schwer, Euch zu sagen, was mich bedrückt."

„Heraus damit, mein Sohn!"

Sebastian versuchte sich nicht anmerken zu lassen, dass der pastorale Ton ihn erheiterte.

„Was es auch ist, Sebastiano, wir sind nicht allein. Es lässt sich alles regeln. Außer schwerste Krankheiten natürlich. Aber Emilio hat mir gesagt, sie seien nicht krank."

„Das ist richtig, Don Alberto, es ist etwas anderes, das mich umtreibt. Es ist Geld."

Don Alberto fuhr entsetzt zurück, als hätte Sebastian einen Exorzismus erwähnt.

„Sehen Sie, ich beziehe meine Rente jeden Monat aus meiner Tätigkeit bei der Versicherung. Ach, es ist zu kompliziert."

„Weiter, Sebastiano, weiter!"

Sebastian spulte nun herunter, was er sich zurechtgelegt hatte: „Nun ja, es gibt ein Rentenmodell, das über Fonds und Wertpapiere und Lebensversicherung finanziert wird. Das würde, wenn alles normal läuft, reichen, um mich bis ins hohe Alter zu versorgen. Aber durch die Bankenkrise ...“ Sebastian war nicht sicher, ob Don Alberto folgen konnte. Deshalb fragte er: „Verstehen Sie?“

„Ich versuche es, Sebastiano“, sagte der Priester.

„Also, wenn die Fonds und Geldanlagen keinen Gewinn mehr ...“

Er suchte nach dem italienischen Wort für „abwerfen“, entschied sich aber für die einfachere Version „bringen“.

„Also, keinen Gewinn mehr bringen, dann schrumpft die Rente. Mir bleiben jetzt nur noch 300 oder 400 €. Das reicht selbst hier in Oliena nicht zum Leben. Also, ich muss Oliena und alles hier verlassen.“

„Nein!“, rief Don Alberto, „es wird sich etwas arrangieren lassen, Sebastiano. Haben Sie Vertrauen! Und ... ich verstehe ja nichts von Geld, diesen Geldgeschäften, aber ... besteht nicht die Chance, dass diese ... Fonds, so sagten sie doch, irgendwann wieder Gewinn abwerfen?“

Sebastian hörte das Wort, nachdem er gesucht hatte. Eigentlich hätte er selbst darauf kommen können: „generare profitto“.

Ihr werdet euch wundern, ihr lieben Menschen aus Oliena, was „generare profitto“ für euch bedeuten wird, dachte Sebastian. Wenn Don Alberto wüsste, wie ausgezeichnet die beiden Schweizer Bankhäuser für Sebastian das „generare profitto" regelten, wie sie ihn immer reicher machten, ohne dass er auch nur einen Finger krümmen musste.

„Dann ja, Alberto, das ist eine vage Möglichkeit, aber es könnte zu lange dauern."

Es schien Sebastian, als hätten sich Don Albertos Züge ein wenig aufgehellt. Und erst jetzt fiel ihm auf, dass Don Albertos Wein ungeöffnet zwischen den Büchern auf dem Tisch stand. Der Priester war es denn auch, der die kurze Stille unterbrach: „Öffnen wir die Flasche! Was soll's?"

Sebastian ging in die Küche. Sein schlechtes Gewissen plagte ihn, aber der Gedanke an seinen Plan half ihm. Er stützte sich nur kurz mit beiden Händen auf dem Küchentisch ab, atmete tief durch, nahm einen der zahlreichen Flaschenöffner und ging zurück zu Don Alberto. Sollte er den Geistlichen, der ihm fast wie ein Freund war, irgendwann einweihen? Er verwarf den Gedanken. Vorerst.

Noch zwei Wochen, bis Gregor eintreffen würde. Die Dorfbewohner zeigten sich sehr hilfsbereit. Offensichtlich hatte Don Alberto sie informiert. Jeden Morgen fand Sebastian etwas anderes vor seiner Haustür. Gemüse, Obst, Wein. Maria hatte ihren Sohn Marco geschickt, der ihn – Sebastian sträubte sich zum Schein – an der Hand in Marias Restaurant führte.

„Essen Sie, Sebastiano", sagte Maria, „Sie kommen jetzt jeden Abend! Das ist ein Befehl!"

Und so vergingen die Tage. Alle bemühten sich, Sebastian Peinlichkeit zu ersparen. Sie holten ihn ab und zogen ihn in Luigis Café. Don Alberto steckte ihm am Sonntag einen Briefumschlag zu mit den Worten: „Es gibt eine Kasse für besondere Härtefälle, es ist nicht viel, aber man kann helfen."

Als Sebastian mit dem Briefumschlag von der Kirche nach Hause kam, öffnete er die Tür, nahm die kleine Kiste mit eingelegten Zwiebeln und Schinken, die vor seiner Haustür stand, und setzte sich in sein Bücherzimmer. Er öffnete den Briefumschlag.

Wie lange war es her, dass er nicht mehr geweint hatte?

16.
Un ruolo difficile da mantenere – eine Rolle, die schwer durchzuhalten ist

Noch wenige Tage, bis sein Freund Gregor in Olbia landen würde. Sebastian hatte den Kontakt seit längerem eingestellt, und während er die Gnocchi aß, die Maria ihm vorgesetzt hatte, kamen ihm Zweifel, ob Gregor jemals wirklich sein Freund gewesen war. Hatte er in Deutschland überhaupt Freunde gehabt? Waren die meisten seiner Bekannten nicht in erster Linie aufgrund seines Erfolgs um ihn herum?

Lorenzo, Emilio, Maria, Don Alberto und die vielen anderen in dieser neuen Heimat waren es, die ihm halfen, ohne zu wissen, wer er wirklich war. Und es war Gregor, der ihm oft vorgeworfen hatte, ein Eigenbrötler zu sein. Sebastian erinnerte sich daran, wie Gregor gesagt hatte: „Es ist mir unbegreiflich, wie einer wie du solch einfühlsame Kurzgeschichten schreiben kannst. Einer, der sich dem wahren Leben entzieht."

Lange hatte Sebastian über diese Worte nachgedacht. Zuerst war er wütend gewesen, dann hatte er Gregors Vorwurf, der immerhin seine Storys in positivem Licht erscheinen ließ, ruhiger durchdacht. Ja, er war ein Einzelgänger, seine Ehe mit Sibylle war ein Unfall. Selbst zu den Kollegen der SECURA hatte er nur ein oberflächliches Verhältnis. Tod und Depression beherrschten seine Kurzgeschichten. Wirklich? Seine *Tagebücher des Odysseus* waren doch amüsant. Oder?

Sebastian zog seine wasserdichte Jacke an, verließ sein Häuschen und ging nach rechts. Nach wenigen Metern war er aus dem Dorf, ging etwa 200 m bergab, bis er die Straße nach Orgosolo erreichte. Die Schmerzen an den Füßen erinnerten ihn daran, dass er immer noch keine Bergschuhe gekauft hatte. Die Sneakers waren löchrig. Aber passte das nicht zu dem Bild, das er den Dorfbewohnern präsentierte? Der arme Deutsche. Wir helfen ihm. Wir lassen niemanden im Stich.

Es waren zwölf mühsame Kilometer bis Orgosolo. Zuviel, dachte Sebastian. Er sah eine kleine Schneise zu seiner Linken. Ein Pfad? Er verließ die Straße und – wieder bergauf – bahnte sich seinen Weg über Laub und Geäst. Die beiden Felsen dort oben würde er erreichen können. Dort rasten. Nachdenken.

Es war eine anstrengende halbe Stunde, bis er endlich schwitzend und mit schmerzenden Füßen vor den beiden Felsen stand. Ringsum Wald. Er setzte sich und lehnte sich mit dem Rücken an einen der Felsbrocken. Von hier aus sah er gegenüber, hoch oben, Orgosolo. Er betrachtete den zweiten Felsen links von ihm.

Wie lange steht ihr beiden schon hier? Habt gewacht über das Tal, den Wald wachsen sehen. Sebastian betrachtete den Fels. Wie dunkle Adern durchzogen schwarze Linien den unteren, wuchtigeren Teil des Felsens. Du kennst keinen Schmerz, du träumst hier mit deinem Bruderfels seit Jahrhunderten. Du lässt zu, dass Pflanzen versuchen, an dir zu wachsen. Es kümmert dich nicht. Ja, dort, kleine grüne Zweige, die aussehen, als wachsen sie aus dir heraus. Und da, ich weiß immer noch zu wenig über Pflanzen, das sieht aus wie ... wie Sauerampfer.

Wahrscheinlich Unsinn.

Jetzt fielen Sonnenstrahlen auf die Spitze des Felsens. Ist das auch eine Art Leben? Hier nur so zu stehen? Irgendetwas zu bewachen? Unbewegt?

„*I am a rock*", erinnerte sich Sebastian, sangen Simon und Garfunkel, „*and a rock knows no pain* ..."

Er hatte das Bedürfnis, den Fels zu berühren, aber sein Rücken schmerzte jetzt noch stärker als seine Füße. Also blieb er in dieser Haltung sitzen und berührte stattdessen den Bruderfels, gegen den er lehnte. Kühl, ja kalt fühlte er sich an, als hätte er die vitalen Funktionen hinuntergefahren, um Kraft zu sparen für weitere Jahrhunderte. „*I am a rock.*"

Die Sonnenstrahlen hatten nun auch den unteren Teil des zweiten Felsens erreicht und legten eine Art Wimmelbild frei: Da! Häuser! Ein Fluss? Die kleine Erhebung dort könnte der Hügel vor dem Kirchplatz sein. Und mit etwas Fantasie war das ein Kreuz. Ja, natürlich. Ein Kreuz.

.　…　.

Er musste wohl eingeschlafen sein. Die Sonne stand schon recht tief, als Sebastian seine neuen felsigen Freunde verließ, den Weg zur Straße hinunterging, glitt, rutschte. Also heute nicht Orgosolo, sondern zurück nach Oliena.

Geschwächt von seinem kleinen Ausflug stützte er sich auf das Eisengeländer am Dorfeingang, das wohl einmal grün gewesen sein musste. Noch wenige Meter bis zu seinem Zuhause. Und wieder stand ein kleiner Korb vor seiner Haustür. Tomaten, Birnen und ein Stück Käse. Eigentlich hatte er genug Nahrungsmittel im Haus, um ein paar Tage ohne Marias Trattoria auszukommen, aber Maria würde ihn vermissen, wenn er auch nur eine einzige Mahlzeit ausließ. Also ging er hinein, tauschte die schmutzige Hose gegen eine weniger schmutzige, zog seine braunen Halbschuhe an, die ihm noch heftigere Schmerzen verursachten als seine ausgetretenen Sneakers, und machte sich auf den Weg zu Maria.

17.
And a rock knows no pain

Im Internet hatte Sebastian die Flora der Barbaglia recherchiert. Aber bringt es mich wirklich weiter, dass ich jetzt, statt mich an der bunten Macchia zu erfreuen, genau hinschaue und Immortelle benennen kann, dass ich Johannesbrotbäume von Steineichen unterscheiden kann? Nein, ich lasse Eiben Eiben sein und Wörter wie Erdbeerbaum irritieren mich nur. Ich fühle mich wie ein Laie, der eine Obduktion vornimmt. Was mir vorher wie ein wunderschöner Körper erschien, wird von mir durch Benennen seziert, in Einzelteile zerlegt. Wald. Eine Komposition. Strauch. Ein farbenfrohes Bild. Basta.

Sebastian versuchte sich zu erinnern, ob in seinen Kurzgeschichten auch nur eine einzige Pflanze vorkommt. Selbst *Prima Klima in Lima* war ohne Details der Fauna ausgekommen. Stattdessen hatte er Gletscherschmelze und Urwaldrodung ganz allgemein gehalten. Die Übersetzer seiner Werke hatten es also leicht gehabt, was vielleicht zum Erfolg beigetragen hatte.

Sebastian betrachtete die Natur, wie er klassische Musik hörte. Mit dem Bauch hörte er Bach oder Mahler, wehrte sich gegen jede theoretische Durchdringung. Und so sollte es bleiben. Ein Baum ist ein Baum, eine gelbe Pflanze gelb. Das würde er so beibehalten.

Sebastians Äußeres hatte sich sehr verändert. Seit etwa zwei Wochen hatte er sich nicht mehr rasiert. Er hatte die verschmutzte Kleidung vom Vortag auch in der Nacht anbehalten. Als er sich am Morgen auf den Weg in das Städtchen Nuoro machte, grüßten ihn, wie immer, die Leute von Oliena, aber es war ihnen deutlich anzusehen, dass sie sich Sorgen um ihn machten. Wir er herumlief! Nicht einmal ein sauberes Hemd!

Obwohl es erst 10:00 Uhr war, brannte die Maisonne. Nach etwa anderthalb Stunden hatte er den Ortseingang von Nuoro erreicht. Er wollte beim Pfarrhaus mit seinem Experiment beginnen. Dazu musste er noch ein Stück weitergehen. Wieder schmerzten seine Füße. Die Sneakers waren mittlerweile so löchrig, dass der ein oder andere Zeh hervorlugte.

Er nahm die vier Stufen zur Tür des Pfarrhauses, fand aber keine Klingel. Er klopfte. Er wartete. Dann öffnete sich die Tür und Don Giuseppe öffnete.

„Was willst du?"

„Wasser. Und einen Bissen Brot."

„Verschwinde!"

Sebastian schmunzelte. Genau das hatte er erwartet. Er konnte nicht umhin, laut zu rezitieren: „Was ihr dem Geringsten meiner Brüder getan habt, das habt ihr mir getan."

Sebastian verließ den Vorgarten des Pfarrhauses und ging in die Richtung des Busbahnhofs. Hier fuhren sie ab, die bequemen Busse nach Cagliari und Olbia, die weniger bequemen in die Dörfer der Umgebung.

Er setzte sich nicht auf eine der Steinbänke, obwohl sie alle frei waren, sondern auf die Erde. Immerhin bot ein Wellblechdach Schutz vor der stärker werdenden Sonne.

Drei Jugendliche warteten auf den Bus. Drei schwarze Jugendliche, junge Männer, die in einer seltsamen Sprache kommunizierten. Sie sahen den abgerissenen Mann, der sich mit dem Rück an eine Mauer gelehnt hatte.

Einer kam auf Sebastian zu und fragte in einer Art Italienisch „Tutto posto?" statt des korrekten „tutto apposto" – Alles in Ordnung?

Der Schwarze sah, dass wohl nichts „in Ordnung" war, hockte sich vor Sebastian und fragte: „What you need?"

Als Sebastian nicht antwortete, drehte sich der junge Mann zu seinen Freunden um und rief ihnen in seiner seltsamen Sprache etwas zu. Daraufhin ging einer der Männer zu der Bar am Eingang des Busbahnhofs und kam nach wenigen Minuten mit einer Flasche Mineralwasser und einem mit Schinken belegten Panino zurück.

Er bückte sich, reichte Sebastian das Brot und das Wasser und sagte: „Tu, mangiare!" Sebastian nahm das Geschenk und betrachtete die drei jungen Männer.

Nur einen Augenblick später fuhr ein großer blauer Bus auf den Platz, die Männer sprangen auf, winkten dem abgerissenen Mann zu und gingen auf den Bus zu, auf dem Cagliari stand.

Nun legte Sebastian Brot und Wasser auf die Erde und sprang auf. Er lief zu den Männern. Er griff in seine Jackentasche, nahm ein Bündel größerer Euroscheine heraus und steckte sie dem größten seiner Wohltäter zu.

Ungläubig starrten sie ihn an, starrten auf die Euroscheine. Sie mussten wohl gesehen haben, dass viele grüne Hunderter, auch Fünfziger und Zwanziger dabei waren und schüttelten den Kopf. Sebastian deutete auf den Bus, gestikulierte unmissverständlich, dass sie einsteigen sollten.

Durch das Fenster des Busses schauten sie Sebastian nach, bis der Bus um die Ecke verschwand. Sebastian wusste, dass nun seine Tests und seine Experimente zu Ende waren. Mühsam begab er sich wieder in sein Oliena. Natürlich ging er zu Fuß, den Bus nach Oliena ließ er einfach fahren.

18.
I have no need for friendship, friendship causes pain

Die Fahrt nach Olbia verlief ohne Zwischenfälle, obwohl Robertos alter Fiat nicht in bestem Zustand war. Sebastian hatte Roberto, der immer noch in der Bäckerei aushalf und an frühes Aufstehen gewöhnt war, gebeten, ihn zum Flughafen in Olbia zu fahren. Er werde die Spritkosten übernehmen. Roberto lehnte, wie es auch die anderen Dorfbewohner getan hätten, die vierzig Euro, die Sebastian ihm zustecken wollte, ab. Der Bäcker habe am Vortag vollgetankt, Sebastian solle sein Geld behalten. Und so fuhren sie die knapp 100 km in der Morgendämmerung und kamen gegen acht Uhr am Flughafen an.

Mit großen Augen schaute sich Roberto um. Er habe noch nie einen Flughafen gesehen. Und fliegen, ja fliegen wolle er unbedingt irgendwann einmal. Du wirst fliegen, dachte Sebastian, fliegen, wohin du willst. Dafür wird gesorgt sein.

Wie gebannt stand Roberto vor den Anzeigetafeln und las, soweit es seine Lesefähigkeit zuließ, einzelne Orte vor: Palermo, Roma bei den Abflügen. Dusseldorf ohne Umlaut auf der Ankunftstafel war zu viel für ihn. Sebastian erklärte ihm, dass der Mensch, den sie erwarteten, um 9:20 Uhr landen werde. Aus Düsseldorf, Germania.

„Kann ich dich wenigstens auf einem Kaffee einladen?", fragte Sebastian. Roberto war zu nervös, um abzulehnen, und so setzte er sich auf einen der Metallstühle und wartete, bis Sebastian mit zwei Plastikbechern Kaffee sich zu ihm setzte.

Roberto trank seinen Kaffee, doch seine Augen schweiften hierhin und dorthin, ruhelos. Er schien völlig überwältigt zu sein von dem bizarren Erlebnis, einen Flughafen von innen zu sehen. Den Durchsagen lauschte er mit einer Aufmerksamkeit, als seien sie für ihn bestimmt.

Sebastian musste an sich halten. Olbia war Provinz. Er erinnerte sich an Chicago, Paris, Frankfurt. Ja sogar der Münchener Flughafen, den er für den Ganzer-Verlag öfter benutzt hatte, war so groß, dass dieser Flughafen von Olbia mehrmals hineingepasst hätte.

Nun standen sie im Ankunftsbereich. Sebastian hatte Roberto auf der Anzeige gezeigt, dass Gregors Flug gelandet sei. Das war aber nicht Gregor. Und dort, der Herr im Trenchcoat, auch nicht. Aber der Herr in der Jack-Wolfskin-Jacke. Ja, das war er.

Sebastian winkte. Gregor winkte zurück kam auf die beiden zu.

„Hallo, Gregor!"

„Sebastian!"

„Das ist Roberto, der uns nach Oliena bringt." Roberto lächelte, streckte seine Hand aus und ergriff Gregors Hand, als begrüßte er einen Prominenten. Dieser Mann war eben noch in der Luft, in einem Flugzeug.

Die Unterhaltung bei der Rückfahrt gestaltete sich anstrengend und schleppend. Nicht nur, weil Sebastian sich mühsam zu Gregor umdrehen musste, sondern auch, weil die Geräusche in Robertos Fiat eine normale Unterhaltung nicht zuließen.

Der Verkehr war viel dichter, als er in den frühen Morgenstunden war. Was mochte Gregor durch den Kopf gehen? Sein wohlhabender Freund holte ihn in einem klapprigen Fiat ab und war so schlecht gekleidet, wie er ihn nie zuvor gesehen hatte. Sebastian schien seine Gedanken zu erahnen.

Nach fast zwei Stunden erreichten sie den Ortseingang von Oliena. Vor der Pension „Gikappa" hielt Roberto an. Auch der Fiat schien dankbar zu sein, wieder in seiner gewohnten Umgebung zu sein. „Hier kannst du die Tage wohnen", sagte Sebastian, „wenn du dein Gepäck hier abstellst, gehen wir zu mir rüber."

Widerwillig stellte Gregor seinen kleinen Rollkoffer vor die verschlossene Tür des „Gikappa".

„Hier kommt nichts weg, Gregor. Wir sind ja nicht in Germania!"

Schweigend gingen sie die Straße hinunter und standen vor Sebastians Häuschen.

„Hier?"

„Ja, hier! Komm rein."

Sebastian öffnete die Tür, die zu Gregors Überraschung nicht abgeschlossen war, ließ Gregor eintreten und führte ihn in den Raum, den man wohl Wohnzimmer nennen würde.

„Kaffee?"

„Gern."

Es dauerte nur wenige Minuten, bis Sebastian mit Kaffee zurückkam. Da er keine Hand frei hatte, musste Gregor zwischen den Büchern auf dem Tisch Platz schaffen. Ganz oben auf einem Stapel lag *Mosquito Coast* von Paul Theroux, was Gregor dazu verleitete, das Gespräch zu beginnen."

„Das wäre noch ein Stück weiter weg als das hier, Sebastian."

Da Sebastian nicht reagierte, fuhr Gregor fort: „Warum hier? Warum so? Es ist schon ein Unterschied zum Starnberger See hier."

Jetzt reagierte Sebastian: „Ja, ein riesiger Unterschied. Keine falschen Schmeichler. Keine Literaturagenten, nur Herzlichkeit und Freunde."

"Soll das heißen, die wissen hier nichts von dir, deinen Büchern, deinen Verfilmungen deinen ..."

„Nichts, absolut nichts und ich gebe zu, ich habe lange gezögert, dich einzuladen, weil ich mir denken konnte, dass du, ihr, ja alle aus meinem früheren Leben niemals verstehen würdet, was ich hier gesucht und ... gefunden habe."

„Dein Vermögen, deine ..."

„Vermögen, Vermögen. Gregor, du bist im Moment der einzige in diesem Ort – außer mir –, der weiß, dass ich wohlhabend bin. Und ich habe dich eingeladen, um dir etwas zu sagen."

Hier hielt Sebastian einen Augenblick inne, nahm einen Schluck Kaffee, bevor er fortfuhr: „Ich habe keine Kinder, von Sibylle bin ich geschieden und du bist der einzige Mensch aus meiner Vergangenheit, aus meinem früheren Leben, der mir etwas bedeutet hat. Jetzt hör genau zu: Wenn mir etwas zustößt, wirst du alles erben, du allein, mein Vermögen in der Schweiz, meine Anteile in Deutschland. Und du kannst drei Romane, die ich abgeschlossen habe, unter deinem Namen veröffentlichen, wenn du willst."

Gregor sah Sebastian an, als traue er seinen Ohren nicht. Er schwieg. Lange. Dann sagte er: „Sebastian, ich will das nicht. Mir geht es gut, in zwei Jahren gehe ich in Rente und die Rente wird ganz gut sein. Und dass dir etwas zustößt, darauf habe ich keine Lust. Überleg es dir noch mal, gib dein Geld lieber aus, fahr durch die Welt, lass es krachen, mach ..."

„Nein, Gregor. Lass uns später darüber reden. Morgen machen wir erst einmal eine Bergtour."

„Schreibst du überhaupt noch?"

„Nein, ich schreibe, wenn überhaupt nur noch in Italienisch, mittlerweile sogar in Sardisch."

"Zum Veröffentlichen?"

„Auf keinen Fall!"

„Und was machst du den ganzen Tag?"

„Leben, Gregor, Leben!"

19.
This is the end (The Doors)

Der Chef der Carabinieri, Manzoni, betrachtete die Leiche. Mit seinem geübten Auge sah er, dass die ausgetretenen Sneaker der Grund für den Absturz gewesen sein mussten. Er würde die Staatsanwaltschaft nicht einschalten müssen.

In seinem Bericht erwähnte er, wie aufgelöst und entsetzt der zweite Deutsche, ein gewisser Gregor Rehlinger, war, wie schwer es war, ihn zu beruhigen, weil sein Freund in den Abgrund gestürzt war.

Der Bericht enthielt außerdem eine genaue Wiedergabe der Übersetzung der Schilderung des Unfalls. Die Übersetzerin hatte Manzoni aus Nuoro kommen lassen, eine Deutsche, die seit über 20 Jahren auf Sardinien lebte, Maria Dahlmann, Künstlerin. So gut es ging, hatte sie Gregors Darstellung übersetzt. Und Manzoni schloss die Akte Heuger.

.   ….   .

Der Anwalt übernachtete im „Gikappa" in Oliena; die beiden Vertreter der Schweizer Banken zogen es vor, in einem angemesseneren Hotel in Nuoro abzusteigen. Der Anwalt holte sie in Nuoro ab und brachte sie zu Marias Trattoria.

Einer der beiden Banker, Herr Obermann, hatte mit einer großzügigen Zuwendung dafür gesorgt, dass ihnen die Trattoria für drei Tage als eine Art Büro dienen konnte.

Wie vor Gericht saßen der Anwalt und die Bankvertreter in einer Reihe und ließen die Dorfbewohner einzeln antreten.

Der Anwalt hatte die Namen, die Sebastian Heuger in seiner Kladde als Empfänger notiert hatte, alphabetisch geordnet, von Andrini bis Voltore. Seine Aufgabe als Anwalt bestand darin, die Personalien der Empfänger zu überprüfen und ihnen die von Sebastian Heuger vorgesehene Geldsumme als Scheck zu überreichen.

Einer der Banker, Herr Oeschger, führte Protokoll. Dort hielt er unter „besondere Vorkommnisse" fest, dass ein gewisser Roberto Donatello, Bäckergehilfe, beim Empfang seines Schecks über 100.000 € das „Bewusstsein kurzfristig verloren" hatte. Sebastian hatte ihn außerdem zum Besitzer eines Oldtimers Marke Borgward gemacht. Das Fahrzeug werde bald auf den Weg nach Oliena gebracht.

Die vier Herren benötigten nur zwei statt der drei veranschlagten Tage, um die zahlreichen Schecks auszuhändigen. Neben Maria, Enrico, Emilie und all den anderen Freunden erhielt jeder Haushalt in Oliena 2000 Euro.

Don Alberto allein erhielt keinen Scheck, sondern ein Schreiben, das der Italienisch sprechende Rechtsanwalt ihm übersetzte:

„ ... werden nach Fertigstellung alle anfallenden Kosten für die Erneuerung der Orgel sowie die Instandsetzung des Glockenturms und vier neue Glocken übernommen. Alle Rechnungen sind an ... zu senden ..."

Es blieb den drei Herren nur noch, Manzoni, den Chefcarabiniere, der beharrlich nach weiteren Nutznießern fragte, davon zu überzeugen, dass nach den Bewohnern von Oliena das restliche Vermögen an zwei Stiftungen ging.

Die Beisetzung fand in aller Stille statt.